如果……就好了

安徒 / 著

重庆出版集团
重庆出版社

图书在版编目(CIP)数据

如果……就好了/安徙著.—重庆：重庆出版社，2018.12
ISBN 978-7-229-13630-7

Ⅰ.①如… Ⅱ.①安… Ⅲ.①长篇小说—中国—当代 Ⅳ.①I247.5

中国版本图书馆CIP数据核字(2018)第232604号

如果……就好了
RUGUO JIU HAOLE
安　徙 著

责任编辑：陶志宏　何　晶
选题策划：周裕昶
责任校对：廖　颖
装帧设计：刘沂鑫

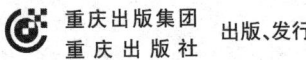

出版、发行

重庆市南岸区南滨路162号1幢　邮政编码：400061　http://www.cqph.com
重庆出版社艺术设计有限公司制版
重庆市国丰印务有限责任公司印刷
E-MAIL:fxchu@cqph.com　邮购电话：023-61520646
全国新华书店经销

开本：787mm×1092mm　1/32　印张：10　字数：196千
2018年12月第1版　2018年12月第1次印刷
ISBN 978-7-229-13630-7
定价：36.80元

版权所有　侵权必究

目 录
contents

part 1

如果去崇理就好了

1

part 2

如果没有生病就好了

11

part 3

如果会画画就好了

26

part 4

如果没有妹妹就好了

40

part 5

如果你学理科就好了

52

< < < <

part 6

如果不是第一名就好了

65

part 8

如果班主任是吴老师就好了

100

part 7

如果早点认识你就好了

80

part 9

如果波西是女孩子就好了

118

part 10
如果不认识你就好了
135

part 11
如果像你一样就好了
150

part 12
如果他是我哥哥就好了
164

part 13
如果与世界和解就好了
181

part 14
如果是小妹妹就好了
196

×

part 15
如果足够坚强就好了
208

×

part 16
如果时间走慢些就好了
223

×

part 17
如果一同奔跑就好了
239

part 18
如果能再见面就好了
251

×

part 19
如果没有梦想就好了
266

part 20

如果我们都不会变就好了

277

part 21

如果我也变了就好了

288

后记

好久不见，高三（7）班

308

RUGUO

......

**JIU
HAO LE**

part 1

如果
去崇理就好了

✕

在我迄今为止短短十几年的人生中,有一半多的时间,都把自己定义为一个习惯于口是心非的小鬼。可与其说是口是心非,倒不如说总是事与愿违。

人们总说小孩子都性子直,不大会撒谎,也不大会伪装,有一说一而已。这么一想,我们究竟都是从什么时候开始,变成了口是心非的大人呢?

随便判断别人的经历总归不是一件好事,我只好自作主张,把这个技能点的获得定在了自己八岁生日那年。

那一年发生了很多事情,日历牌上的年份起首第一次从"1"变成了"2",周杰伦出了第一张专辑,史努比没有了爸爸,而我没有了一个完整的家。那年还有许多的未知。北京还不知道能不能成功申办奥运会,我也不知道究竟要回哪个家。于是他们擅作主张，把我放在了姥姥家的老房子里，然后分道扬镳，客气地挥手道别。

我在吹蜡烛的时候还带着儿童专属的灿烂微笑，却在下一秒就哭着说我妈骗人，还吵着要给我爸打电话。

直到现在，我都不明白为什么他们偏偏挑了我生日这一天来说这件事，我妈说我已经足够大了，而实际上，我只是被迫变得足够大了而已。

所以从那天开始，我一直都讨厌这种强迫每一个人长大的可笑仪式。

但是今年的生日稍有不同，那天学校的喇叭里面传来通知："下面播报喜讯，初三（4）班李晓唐同学，因成绩优异，保送至育文中学……"

后面的话我没有听清，只是在老师的赞许声中假装红了红脸，心里却不知好歹地想着，如果能去崇理就好了。崇理是很好的学校，育文也是，我知道每年都有无数的学生争先恐后地在志愿单上填下这两个学校的名字，然后在那个巨大的成绩沙漏里翻转着，最终留下的寥寥无几。这样看来，因为一个男同学而想要去崇理读书的我，就变得至少看上去没那么心无旁骛。

我们班的座位在一开始是按照个子高矮排序，后来老师为了激励大家，开始按分数排座位，一排八个人，看着座位，基本上也就知道成绩如何。但显然，这个政策并没有激励到谁，前面的永远坐在前面，后面的永远坐在后面。至于最后一排，则在这场座位争夺战里"我自岿然不动"，锻炼出了坚固的革命友谊。

"恭喜你啊，晓唐。"我后座的女生拍拍我，两只眼睛闪闪发亮，"不用参加中考了，多好啊。"

我嘴上说着谢谢，心里却着实希望录取我的不是育文，而是崇理。

之所以录取到了育文，其实是因为我很早以前就打定主意，想要当个编剧，既然是当编剧，那肯定是要学文科的。而育文又是全省文科最好的高中，盛产文科状元。尽管我知道，他一定会去崇理。不是少年不重要，而是和梦想相比，少年没有那么重要。

当我把这个事儿和我爸说了之后，我爸叹了口气，一脸沉重地看着我说：

"说真的，咱们全家，就没有一个学文的。"

"我妈不是文科生么？"

话说出口才觉得不妙，我爸怔了怔，最后丢下一句话：

"总之你不能因为不喜欢数学就逃避学理科。"

所以说为什么小的时候当画家当艺术家可以叫作梦想，而真正到了该选择的时候，却被家长们一厢情愿地当成了逃避。小孩子其实从来都没有变过，一直在变的都不过是家长而已。

于是我只好带着百般的不情愿，与一丁点儿的小窃喜，在那张崇理中学免试推荐生的报名表上写下了自己的名字。

似乎20世纪八九十年代当上家长的叔叔阿姨们之间，流行着这样几种起名方式。

第一种是叠字，像是杨洋，陈晨，穆沐，还有钢琴家郎朗。

第二种就是名字中间带着一个"子"的，比如我的同学李子涵、张子薇、王子煜，仿佛是各氏之子背负着光宗耀祖的历史重任踏马而来。

另一种就是把爸妈的姓名各取一半，像是张杨，汪刘，邓慕楚一样，就好像是用这种方式给孩子贴了一个所属标签，美其名曰"爱的结晶"。

而我，就是第三种起名方式。我曾无数次地和同学们声明，自己一点都不喜欢这个名字。于是在小的时候自己取过各种各样乱七八糟的名字，然而我爸却说，我的名字是有着特殊含义的，是全世界最好的名字。

我叫李晓唐，我爸姓李，我妈姓唐，老李以为他能知晓老唐的意思，可是老李从来都没能真正了解过老唐，也从来都没真正了解过我这个小唐。

其实我一直都想问问我爸，我名字也有我妈的一部分，他叫起来会不会别扭，但是后来想想，大人的承受能力远远超过我们的想象，不然这一辈子里，忌讳的字得多到话都没法说。

可就在过年之前，我爸给我开过一次家长会，之后竟然对我说：

"爸爸同意你去育文了。"

直到现在我都不清楚，那次家长会上究竟发生了什么，能让我那倔强不输叛逆少年的老爸转变态度。或许是我爸忽然发觉了我的理想，又或者，更可能的是，他觉得我根本不是学理科的那块料。

如果是这样，我宁可他仍然固执地说："必须去崇理不可。"

然而十几岁的人要参透四十几岁的人的心思总归是不大可能，我只好去找老师，把报名志愿改成了育文。

刚交没多久，同桌就在英语课上递给我一张小纸条，上面写着：

"1班陆悠鸣也交保送申请了。"

我的心提到了嗓子眼，潦草地写了一个"哪里"。

一分钟后我从桌子下面拿过纸条：

崇理。

其实我早就有预感，陆悠鸣一定会选择理科好的高中，然后考清华，之后跟他老爸一样搞一辈子研究。而我，始终在用自己的小聪明努力地追赶他，不论是回家时那段短短的路，还是成绩单上那几个接近满分的数字。我倔强地认为，只有这样才能离他更近一步。

只是这件事，他一点都不知道。

陆悠鸣知道的，一定是比他还要闪闪发亮的世界，所以为了看到他那个闪闪发亮的世界，我才一直在努力，好像这样，就能跟他并肩看到一样的天空。

然而一面是少年，一面是梦想，我还是脑子一热抛弃了少年选了梦想。莽莽撞撞地下定了决心，却还是有些难过。我生怕被人看出好胜心之外的情绪，赶忙装作无所谓地在纸上写道：

"少一个人竞争啦，哈哈。"

其实我心里想的是，如果我能与你竞争一次就好了。

我爸看到保送通知书后倒是比我高兴得多，不住地对我说：

"你看，听爸的准没错，我就说你报育文没问题，女孩子就该学文科。"

"爸，我们班化学第一一直都是女生呢。"我不服气。

"爸爸不是这个意思……"

我翻了个白眼，背着书包下了车。刚走到校门口，就遇到了陆悠鸣。

"李晓唐同学。"陆悠鸣叫住了我，校服领子上那枚皇家马德里徽章闪闪发亮。上个学期和1班一起上体育课时，我还听到了他在和我们班的男生聊西甲联赛。

"恭喜你啊，保送育文了。"

我抬起头，他的身影刚好挡住了午后刺眼的阳光，虚化成了一圈圈温和的光晕。

"那你呢？"我小心翼翼地问，希望他能保送，但也希望他能来育文。

"我啊，还不知道呢，没申请上的话，就考到崇理去呗。"陆悠鸣一边说一边向班里走去，走到门口的时候忽然叫住了我，从校服口袋里掏出了一只棒棒糖，"开学了去育文找你。"

我红着脸把那只棒棒糖揣进口袋，刚刚走进教室，就看到一群人围在讲桌前，我的同桌抬起头，兴奋地跟我说：

"晓唐，陆悠鸣保送到崇理了。"

揣着那张保送通知书，我安然无恙而又百无聊赖地度过了中学阶段的最后两个月。我不用参加中考，就等着照完毕业照之后收拾东西走人。然后在秋天和同学们在育文见面。我和身边的同学们早就约好了，都报育文中学，继续做三年同学，就像是陆悠鸣会考第一名一样，是必然。

我校同学始终保持着写同学录的好习惯，然后郑重其事地贴上一张大头贴，就好像是以后真的不会见面了一样。我想象着现在一笔一画写下依依不舍的同学们在九月份又重新见面的情景，就觉得有些奇怪，除了育文，就是崇理，还有一部分人大概会直接升上一中的高中部。这么小的城市，怎么会一下子就忘掉这么多人呢？于是只好寥寥几笔，祝每个人前程似锦，可什么是前程似锦，我自己也描摹不出一个具体的形状。

七月中旬的一天，我冲洗完毕业照，就听邻居说中考成绩出了。邻居阿姨说，全市第一名还是我们学校的学生。没了陆悠鸣，我也不知道谁会是新的第一名，或许是他的好朋友陈晨，又或者是其他意想不到的人。这时同桌打来电话，我赶忙接了起来：

"晓唐，你知道吗？陆悠鸣在保送的情况下参加了中考，还是第一名。"

我翻看着毕业时我和陆悠鸣穿着校服的照片，他还是那个自信地笑着，抱着一颗旧足球的少年，而我也还是那个笑得有点拘谨的我，阳光从树上落下来，背后是操场上奔跑的身影。下一张是我班同学的抓拍，照片里我侧着头，看着远处的少年抱着足球向操场跑去。这张照片似乎定焦出了问题，我本应该是照片里的主角，却不料拍到的却是清晰的陆悠鸣和模糊的我。同学想要删掉，但我却执意留了下来。陆悠鸣注定是永远要清晰地留在老师记忆里和光荣榜上的，而我只能是"学习挺好的"那一个。

接着又问了问其他人的成绩，都是正常发挥。我正要说"九月育文见"，就听同桌跟我说：

"晓唐，我可能，不去育文了。"

"为什么啊，你考得挺好的啊。"

"我爸妈想了想，还是觉得学理科好一些，所以之前我就拒绝了育文的保送，打算出了分数就报崇理。之前没跟你说是……"

"啊，这样啊。"我打断了她的话，脑子里努力寻找着一些词语，"那没事儿啊，我们还能见面啊，再说了刘婷婷肯定来育文啊。"

"晓唐，你可别生气。"她吞吞吐吐地说，"刘婷婷刚够了崇理的分数线，她说这次运气够好上了分数线，何况她不喜欢政治，也不喜欢历史，大概也要来崇理了。"

我也不知道为什么自己会提到刘婷婷，大概只是想确认能不能在育文见到熟悉的同学罢了。

我忘了自己都寒暄了些什么就挂了电话。育文和崇理在城市的两端，我们就好像是王母娘娘用簪子隔开了的牛郎织女，中间那条宽宽的银河叫作分数和梦想。我这时忽然有些后悔没有在每个人的同学录上多写几句话，生怕考了几次试，他们就都把我忘了。

我一个人坐在床上，身边放着的都是上个月毕业时拍的照片。我爸陪着冯阿姨去医院检查身体，可能我会有一个小弟弟或者小妹妹了,而我妈从札幌回来又风风火火地回去继续她伟大的事业,对于保送的事情只字未提,而我,也将独自一人走在通往育文的路上。

　　说真的,我从来没有怪过他们,也从来没有哭闹着求他们复合,我们就这样,各自走在了属于自己的那条路上。前方是康庄大道,前方是万丈深渊。

part 2

如果
没有生病就好了

×

升上高中之前的那个暑假,我看了最新的《名侦探柯南》剧场版,是一个找寻宝藏的故事。水底的氧气就像是这个百无聊赖的暑假一样无穷无尽,让人觉得是那样的不真实。每个人在这个暑假都有无穷无尽要做的事情,可对于我来说,这只是一个最为绵长的周末而已。

作为最尽职尽责的生意人,他们两个人都没提出要和我度过更多的时光,这反倒让我松了一口气。父母离婚带给我的最直接的好处就是可以理所应当地拥有两份零花钱,我妈在跟我爸离婚之后就因为工作原因去了札幌,在她第一次回来的时候,已经过去了两年半,那时我在姥姥家看着动画片,没头没脑地就是一句:"阿姨好。"我妈抱着我就哭了,当我从记忆中摸索出照片里我妈的样子时,也哇的一声哭了起来，但是实际上我并没有任何伤心或者是想念的情绪，只是觉得，连自己妈都认不出来，我这脑子估计是坏掉了。

所以我的记忆里，基本上是没有母亲这个概念的，至于我爸，则早早地开始了下一段的人生。听说我的出生本来就是他们生活轨迹里的节外生枝，因此我一直执拗地认为，不是他们影响了我的生活，而是我的出现打乱了他们本该有的生活节奏。

那天去我爸那里，吃饭时我爸试探性地问了一句：

"马上开学了，想要什么啊？"

"我想要一辆新自行车。"我扒拉着碗里的饭，漫不经心地说道，"听说育文晚自习要上到十点，我想骑车回家。"

"回姥姥家。"我补充道。

不知道为什么我明显感觉到我爸松了一口气，我知道这一年他做生意赔了很多钱，我如果说什么都不要他会没面子，但是要点别的，也总归是个负担。我始终在小心翼翼地维护着我们之间微妙的亲情，努力不去考虑我爸松了的这口气到底是因为自行车，还是因为开学我要回姥姥家。

"一辆自行车而已，阿姨给你买。"冯阿姨边说边递给我一个削好了的梨。

"阿姨，真的不用了。"我接过梨尴尬地说道。

我和我阿姨虽然没有童话故事里那样剑拔弩张，针锋相对，一直处在相安无事的和谐气氛里，可是总有那么些生疏。今年过年时我阿姨带我去买衣服，迎面遇上了刘婷婷和她爸妈，我赶忙低下头把运动鞋上的魔术贴粘了又粘。刘婷婷没有看到我，但是我清楚地听见了她和她爸抱怨之前选的那件衣服太老土。说真的，我羡慕她能这样毫无遮掩地和父母表达自己的喜欢和厌恶。然而我只能回过头跟我阿姨还有我爸说一句："挺好的。"

我讨厌这样的自己，但又伪装得如此得心应手。

可是在九月的第一天，我还是骑着阿姨给我新买的自行车，驶向了育文的大门。

育文似乎和我念的初中有着一样的教育理念——按照成绩分班。于是顺理成章地，我被分进了1班，扫了一眼名单才意识到，朋友都在崇理，我什么都没有。

我们这届一共有十二个班，预计高二有两个理科实验班，两个文科实验班。育文虽然是以文科见长，但是校长血气方刚地认为只要前五十名学了理科，那育文就能实现文理并重了，然而可怜的校长并不知道，1班2班这两个所谓的潜在理科实验班里，大多数都是和我一样抱着学文科的心态而来的，真正一心想学理科的同学们，都在城市另一头的崇理，是陆悠鸣的崇理，是我一念之差放弃了的崇理。

班主任不出意料，也是教化学的，是一个戴着茶色近视眼镜的中年男人，姓高。进了班就开始张罗着发书、统计校服尺寸和发军训服装。我的同桌，是一个不太爱说话的女孩子，除了知道名字是萧湘子，其他无可奉告。我忽然想起初中开学第一天站在我后面的女生，在我回头的那一刻我们一起说道：

"现在几点了？"

然后我们都笑了，那时我觉得，认识新同学对我来说是再简单不过的事情。

成长教会我们的，远远不止知识，还有莫名其妙的自尊心和羞耻感。

就在这时，讲台上的中年男人说话了，大概就是高中是人生重要的转折点，要把握好学习时间，努力拼搏，找到自己的方向云云，和我想的几乎没什么出入，也只是浮皮潦草地过了过耳朵。回过头去，我身后的男同学已经开始在每本书上工工整整地写下了自己的名字。高老师说完了开场白，班里爆发出一阵掌声，我也跟着众人懒洋洋地鼓掌。

就这样，没有无意间展开一段机缘巧遇，也没有因为保送而在班里高人一等，甚至都没有进行我冥思苦想一整晚才准备好的自我介绍，高中生活就这样开始了。

平淡无奇。

所有的重点中学似乎都有一个毛病，日程满到让人喘不过气来。上午刚报完到，下午就要去进行两个星期的军训，地点是郊区的一个爱国主义基地，名曰"青年农场"。

刚一下车，就有教官过来收走了我们的手机、零食，不知怎地居然还有一本英语书，教官拿起来翻了翻，又还给了那个看上去黑瘦朴实的男同学。教官姓邓，看上去最多比我们大一两岁，勉强算得上是同龄人。这让大家放松了不少。

青年农场给每个班各准备了两个房间，上下大通铺。我以前从来没有住过校，更别说通铺了，简直新鲜得不得了。我的左右两边住着的都是初中时的校友，一个是我的同桌萧湘子，另一个是陆悠鸣他们班的女生，据说跑得飞快，陆悠鸣他们班的运动会都靠她。我们彼此都知道对方是谁，但却从来都没说过话。或许她们眼中的我和我眼中的她们一样，都有着分数决定的骄傲，但实际上我们都是在用这种骄傲包裹着内心深处的羞赧与不安。

半小时后，我们便开始了军训的第一个下午，还是常规的站队列，向左向右看齐，我记得以前课间操时，每次向右看齐我都把目光投向1班最前面的体育委员，陆悠鸣永远是陆悠鸣，我努力地向着他的方向看齐，但却从来没有追赶得上。

青年农场的饭并不像是给青年准备的,什么都做得稀汤寡水没有滋味,我匆匆地扒拉了两口就回了寝室。一推开门就看到陆悠鸣他们班的那个女生拿着一个面包,听到开门声迅速地把面包藏到了衣服里面,看到是我的时候才松了一口气,满不在乎地说:

"原来是你啊,我以为是教官呢。"

我充满歉意地笑了笑,转念一想我这是抱歉个什么劲儿啊。这时她扔给我一包好丽友派,"我叫赵维维,你叫什么名字呀?"

"啊,我叫李晓唐。"我连忙说道。

"我知道你,你是4班的对不对,保送进育文的。"赵维维小口地吃着面包对我说。

我点了点头,心里想着我也知道你,但是我总不能说因为你跑得快。不过话说回来,赵维维除了跑得快,长得也好看,四肢特别修长,一点都没有在外面对日奔跑的那种感觉。我还发现她的裤子好像特别合适,相比之下我就像是套了个蛇皮袋子一样。

这时吃完饭回来的人越来越多,赵维维也吃完了面包,又像一片树叶一样落在了整座迷彩森林里。晚训的哨声响了,大家又是一阵风一样地涌出门去,在北方暑气渐消的夜晚磨练着仅有的青春。

站队列时我忽然想到,陆悠鸣会不会现在也和我一样站在一片茫茫的肥大迷彩森林之中,他会不会还是那个吊高声音喊着口令的体育委员?夕阳均匀地洒在我们每个人的身上,而我们眼中看到的,却再也不是同一片夕阳。

晚训并不像白天一样严格,邓教官也不同于白天那样严厉,当他操着一口山东口音的普通话说"接下来,我来教大家一首歌"时,全班都笑了。这个年轻的小伙子不好意思地挠了挠头,笑着说道:"我普通话讲得不标准,但是我歌唱得可是全连最好的啊。"邓教官停顿了一下,接着唱道:

"寒风飘飘落叶,军队是一朵绿花,亲爱的战友你不要想家,不要想妈妈……"

不知为何,他唱歌的时候,脸上有了一种温柔的表情,路灯的光照得他的眼睛亮亮的,四周安静得只能听见他响亮的歌声,我想一定是我们共同拥有的心照不宣却假装读不懂的牵绊。

晚训之后我草草收拾便爬上了我的床位,这时已经有两个女生在一旁坐着你一下我一下地打闹着,我只是点了点头,然后就安静地躺着。我总是这样,虽然看上去开朗,但很难与人亲近起来,也很难敞开心扉。

熄灯之前,赵维维才和另外几个女生一起回来,看得出来,她们之前已经认识了。我坐了起来说了声"嗨",她们对我笑笑。这时忽然熄灯了,就听见各间寝室里传出来一阵阵女孩子的尖叫声，门外那个熟悉的声音喊道：

"叫什么叫，还不快睡！"

大家又是一阵笑声，接着便渐渐安静了下来。就在我慢慢数着心跳的时候，萧湘子碰了碰我，悄声说："晓唐，我想去卫生间。"

"我也想哎。"赵维维赶忙说道。

"那走吧。"我赶忙说。

其实我并不想去卫生间，但我还是想和更多人接触。我这个人挺矛盾的，一面对和人交往有恐惧，生怕别人看穿我，另一方面却渴望和其他女孩子一样，轻而易举地就和其他人成为朋友。

青年农场的卫生间和宿舍离得很远，要穿过大半个训练场，我们三个人打开门，看到外面没有教官就悄悄向训练场走去。原本走在最前面的萧湘子却停住了，带着哭腔说：

"那边没有灯啊。"

我看着对面一片漆黑的运动场，心里也开始犯怵，这时就看见赵维维掏出了一支手电筒说：

"走吧。"

有了这支手电筒，我们三个人就手挽着手大踏步地向卫生间前进了。走到卫生间门口时，赵维维忽然说：

"我不太想去了，你们拿手电筒进去吧。"

"我也不太想了。"我和萧湘子也异口同声地说,说完三个人便笑了起来。

"哎,你是不是叫萧湘子",赵维维开始没话找话,"我看名单上写的。"

萧湘子点点头,她好像真的不太喜欢说话。

"萧湘子,这名字好。"赵维维又对我说,"晓唐,你是4班的吧?我初中是1班的。"

"都是尖子班。"萧湘子说,"哎,听说中考状元可是你们班的。"

"哦,陆悠鸣吧。"赵维维满不在乎地说,"当时知道他保送了,我以为他不会再参加中考了,他考第一太常见了。"

听到其他人满不在乎地说出自己喜欢的人的名字,心里忽然怦怦跳得厉害,我努力克制住自己问道:"那他现在呢?去崇理了?"

"应该是,听说为了让他安心学习,他爸妈把房子都卖了,要在崇理附近再租一套呢。"赵维维顿了顿说,"我家其实也这样,我爸妈开学之前就把房子租好了,我妈还说为了我她可以不上班,就每天照顾我,别看我平时嘻嘻哈哈的,说真的,我心里也挺不好受的,我是压着重点班的线进来的,万一跟不上……"

赵维维没有说下去,我们只是三个人一起坐在训练场上，看着夜空发呆。我们翻开手机，放了一首周杰伦的《三年二班》。这边离市区特别远，没有什么光污染，夜晚的星星格外多，也格外亮，我们就这样看着星星，有一搭没一搭地听着歌，说着话。聊着以前的朋友，共同的老师，喜欢过的男孩子。赵维维知道我喜欢陆悠鸣之后大声嘲笑了我，我也毫不客气地嘲笑她运动会举牌子时踩掉了班主任的鞋的事情。大概把整张《叶惠美》听完了的时候，萧湘子站起来说："我们也该回去了。"

刚刚推开寝室的门，就看见黑暗中刷地一下子坐起来好几个人。

"你们去哪儿了！"

"掉厕所了啊！"

这时赵维维说：

"我忘了一个屋只有一支手电筒了，抱歉抱歉啊。"

我们三个人就在这怨声载道里道着歉爬上了上铺，我还不小心踩到了最边上女生的脚，又是一阵道歉。盖好被子后，我们三个人相视一笑，忽然觉得这个夜晚有了温度。

第二天一早我早早地就醒了，不是因为我有早睡早起的好习惯，大概是因为昨晚在训练场受了凉，忽然肚子疼得直不起身来。这时起床号已经吹响，大家都纷纷去洗漱。我一个人窝在床上，冷得发抖。这时萧湘子发现我情况不妙，摸了摸我的额头，赶忙叫住赵维维说：

"怎么办啊，晓唐好像发烧了。"

赵维维立刻扯开嗓子在班里大喊一声："谁有退烧药？"结果找来找去，全班贡献上来的只有两粒晕车药，一板藿香正气胶囊和一瓶甘草片，就在她俩急得挠头的时候，邓教官急匆匆地过来敲门，气急败坏地说：

"数你们几个最慢。"

我这个时候已经难受得开始发抖，赵维维赶忙打开门跟他说：

"邓教官，晓唐她发烧了。"

"这不行。"邓教官忽然正色道，"轻伤不下火线，一点小伤小病就退缩，以后怎么上战场？"

"可是……"赵维维着急地说，"她又不上战场，她最多上个考场，而且她还近视，我爸说了近视不能当兵。"

"教官，你就行行好，别让晓唐训练了。"萧湘子也在一旁求着他。

"规定就是规定，半小时后到训练场。"邓教官又恢复了昨天下午的严厉，全然不顾我们几乎是同龄人的情谊，"你俩，现在就归队！"

赵维维和萧湘子没有办法，只好跟着邓教官走了。我一个人慢慢爬起来，忍着腹痛弯着腰穿上迷彩服，顶着一张没来得及洗的脸摇摇晃晃地向训练场走去。虽然刚刚进入九月，北方的清晨依然透着凉气，些许微风几乎就能把我吹倒。

邓教官看到我来了，只是做了一个归队的手势。等我站到队伍里，就几乎耗费了全身的力气。终于，在一连串的向左向右转之后，我眼前一黑，接着就什么都不知道了。

当我再睁开眼睛时，已经是中午，我躺在医院的病床上，呼吸里满是消毒水的气味，肚子虽然不疼了，但是脑袋依然发涨，全身酸痛。

"晓唐，你醒了。"身边是冯阿姨的声音。

我脸唰地红了，点了点头。

"饿了吗？阿姨给你买饭去。"

我摇了摇头，只觉得嗓子发干说不出话来。我发现我阿姨最常跟我说的一句话就是"阿姨给你买饭去"。在我看来，我阿姨唯一的缺点也就是不会做饭了，这点倒是跟我妈很像，不过她们曾经和现在的丈夫，倒是做得一手好菜。最可怕的是，我妈每次回来给我露一手之后还要自我感觉良好地问我她和我爸谁做饭更好。我诚实地表示是我爸的时候，我妈总是点着我的脑门说我是"小白眼狼"。他俩总是这样，谁也不服谁，谁都想替另一个做主，就连分开之后，还要争个高低贵贱你死我活。

"啊，你爸刚走，中午要和客户吃饭，你没见早上你们教官打电话时把你爸吓得，开着车就奔青年农场来了……"

"阿姨。"我打断我阿姨的话，"我想喝点水可以吗？"

"阿姨这就给你倒去。"我看着冯阿姨拿着热水瓶出去之后，砰的一声又倒在了床上。

这好像是大人的一个通病，跟我描述我爸妈的时候，永远都是以"你没见对你多关心"开头，好像我真的误会他们，责怪他们不爱我，忘了我似的。其实我真的没这么小心眼，只是分开时间久了，我不会第一时间想到他们罢了，我不怪他们，以前不会，以后也不会，我们总是会有很多各自永远没机会见到的另一面，这就是我不得不接受的生活。

大概下午的时候，我爸跟大夫一起来了医院，诊断之后说没什么事儿就是抵抗力差，加上受了风寒，之后就让我出院了。说真的我心里还感觉有点可惜，以为住院就能跟电视上演的那样，赵维维她们会送花来，陆悠鸣也会在我睡着的时候悄无声息地把一个大果篮放到旁边的床头柜上，然后端详我的睡脸。后来想了想我的睡脸并不是什么美丽的画面，就迅速打消了这个念头。

我爸并没有把我直接送回姥姥家，而是回家亲自下厨炖了一锅骨头汤，说要给我好好补补。第二天又不放心，带我去看了中医。

"家里能熬药吗？"大夫慢条斯理地问道。

我回头看了看我爸，我爸赶忙说："能熬，能熬。"

我忽然想到了小学毕业之前那个突如其来的非典假期，家家户户都搞来了各种奇奇怪怪的偏方，楼道里弥漫着浓郁的中药与消毒水的味道。我们每天都要量一次体温，然后打电话汇报给小组长。明明是一件很麻烦的事情，却成了我给陆悠鸣打电话最名正言顺的借口。

"我妈说了，喝那些中药没用，你可千万别喝啊。"有一天我刚挂了电话，陆悠鸣就又打了回来，"我跟其他组员也说一声去。"

非典假期结束之后回到学校里，几乎所有人都说起了被家长逼着喝中药或者是服用其他偏方的痛苦经历，就在这时我抬头看向陆悠鸣，正好接住了他的目光。

"你可得谢谢我啊。"他一边说着，一边收走了我那本厚厚的语文作业。

我从来都没问过任何一个同学，陆悠鸣有没有告诉他们别喝中药的事情。我宁愿执拗地相信，他只告诉过我一人。

拿完中药之后我爸问我回哪儿，我不假思索地说要回姥姥家。其实他完全可以替我做主说回爸爸那里吧，他这么一问，反倒是让我觉得他其实想让我回姥姥家。在回家的路上我想，如果每个人脑袋上都能有一个漫画里的想法气泡就好了。

下车之前我爸说班主任高老师打电话来，让我休养好了直接去学校上课，军训事小，耽误课就不好了。

　　别的是小事，学习一定不能耽误，绝对的育文作风。

　　当我再次进班时，全班人穿着军训时才发下来的校服，互相叫着朝夕相处早已熟悉的名字，赵维维和萧湘子挽着另外一个女生从外面进来。我一个人穿着便服，身边路过的全是叫不出姓名的面庞，心里还是莫名地失落了起来：如果没有生病就好了。

part 3

如果
会画画就好了

×

我猜很多人在我现在的年纪,都会描摹出一种或者几种自己想要成为的模样。于是站在镜子前面的,是像陆悠鸣一样,努力奔跑在那一纸成绩单上的我;是像爸爸妈妈一样,坚定地相信我们每个人都能在自己的路上过得更好的我;也是像高一(1)班的大多数人一样,顺理成章地融入了这个集体的我。

我本来以为和赵维维她们一起在操场听着周杰伦的歌,看着星星,说了心事之后,我和这个集体也就顺势近了一步,但是突如其来的生病还是在我和大家之间隔了一道看不见的墙。大家都知道我就是那个军训时晕倒的女生,和我说话的内容也仅仅局限于"好点了吗?"云云。再强行加入她们又觉得有些尴尬,我依然还是每天一个人上学和放学，一个人上课间操，一个人吃早饭，一个人上自习。我身在这个集体中，却不得不习惯孤独。

我的同桌萧湘子，笑起来很漂亮，但是很少笑，也很少跟人说话，上课时总是全神贯注地看着老师，下课不是自己一个人坐在座位上看书，就是偶尔跟赵维维一起去卫生间，时而加入别人的话题，也是"这道题有几种解法"之类的。数学本来就不太好的我，加上一个假期没有学习，前两节课就被搞得昏了头，偶尔和她抱怨一句功课难，她也只是微微一笑说："是啊。"然后看着全是红对钩的练习册誊写笔记。

我也不在意这些，只是觉得和她相处没有紧迫感，有话就说，没有话也不会尴尬。即使她的练习册上全是红对钩，但和陆悠鸣一样，我们每个人追求的都像是厄里斯魔镜里的世界，是旁人看不到的景象。

第二周的周六下午快要放学时，高老师进班说，下周开始就要上夜自习了，从晚上八点开始，一直持续到十点。出乎意料地，全班同学都期待得不得了，似乎只有我一个人觉得这并不是什么值得庆贺的事情，一个班的人挤在一起一整天，吃过晚饭之后又要沉默地坐在一起写两个小时的题，想想都觉得是一件压抑到令人惶恐的事情。高老师想了想又说：

"本来学校是不让带手机的,但咱们班每天下午可以带手机,晚上回家晚了还能跟家长联系……"

话还未说完,就听见走廊传来一阵喧哗:

"5、4、3、2、1,放学啦!"

高老师最后的声音淹没在了其他班的欢呼声中,高中就是这样,把全部的青春与热情都寄托在了平平无奇的校园生活中,让原本只有分数、考试和课本的岁月,也有了些许微不足道的色彩。

他挥了挥手,除了几个留下来问化学题的女生,其他人都收拾好书包,汇入了人群。

按照规定,高一年级的自行车停放处在校外车棚,当我走到车棚时,发现我的自行车和另外一辆明黄色的自行车的车锁钩在了一起。我试着拉了一下,丝毫没有反应,只好掏出新买的米老鼠形状的MP3,插上耳机,等车主来开锁。

当整座城市已经从暖黄色变成深蓝色的时候,有个人拍了拍我的肩膀说:

"李晓唐,还记得我吗?"

我抬起头,眼前的少女和我一样,扎了两个辫子,戴着一个粉红色的发箍,发箍上面的蝴蝶结随着风不断摆动,大大的黑色眼眸里映出一个羞涩的我。

"我是穆沐啊。"少女微笑着,没有丝毫的尴尬和局促。

"好久不见啊……"我从没想过自她初中转学后,还能再见到她。

"你在等人?"

"嗯,算是吧……"

"是在等我吗?"

"啊?"

穆沐又笑了,和我记忆中她的样子一模一样。

"因为这是我的自行车啊。"

"原来是你的啊。"我这才发自内心地笑了起来,舒了一口气,心里想着:总算能回家了。

穆沐一边蹲下来打开车锁一边说:"我这个锁,总是挂到别的自行车,明天从画室回来要换个新的。"然后抬起头对我说:

"我家住一中那边,一起走么?"

我点了点头,和穆沐一起骑向家的方向。

今天是周六,没有夜自习,路上都是穿着各校校服的学生,以市一中和育文的学生最多。陆悠鸣所在的崇理中学距离我们很远,路上几乎看不到穿着崇理校服的同学。听刘婷婷说,崇理的秋季校服是深蓝的底色加白色的镶边。我想了想,这很配他总是戴在领子上的皇马徽章。即便是校服,他穿起来也一定很好看。

我们那时候都喜欢背一个大书包，里面放很少的书。书包带子一定要放到最长，几乎都能搭在自行车后座上。其他的书都放进自行车车筐里，包上各种书皮，外面再套上塑料封套。明明是下了课间操回教室时还会偷偷抱怨的内容，却还是宝贝得不得了。

　　我偷偷看了一眼穆沐的车筐，语文读本被垫在了一个颜料箱的下面，歪歪扭扭地透露出了一种强烈的无可奈何。

　　"听说，你是1班的？"穆沐问我，丝毫没有生疏之后再见面的尴尬。

　　"嗯，对啊。"我点点头。

　　"都是好学生。"

　　"你在……哪个班啊？"我试图再度用你来我往的聊天打破沉默。

　　"我在7班啊。"穆沐说，"我是美术生。"

　　"那你画画一定很好啊。"我想到了穆沐还没转学时，总是自己一个人放学后一边哼着歌，一边给班里画黑板报的样子。

　　"还好啦。"穆沐的目光落到了我的车筐里刚借来的一本《丽达与天鹅》，"哎，你也喜欢达·芬奇？"

　　"其实我不太懂美术。"我抱歉地笑了笑，"这是叶芝的诗集，刚从学校图书馆借的。"

　　"我学画画的时候，老师说这个主题有很多人都画过呢，有达·芬奇、塞尚还有达利……"穆沐说起与画画有关的东西时，眼睛里映衬着刚刚亮起的路灯。我忽然想到了刚才等她时随手翻到的诗句："那里明月的银波荡漾，为灰暗的沙砾抹上了星芒。"

"明天要来我们画室吗？"穆沐主动问我。

"画室？"

"对啊，明天周末啊，我要学画，你要不要来看看？"

"嗯……"

"那就明天上午九点，一中门口见。"就在我犹豫的时候，穆沐已经定下了时间。

"好啊，那明天见咯。"

说完之后我便摆了摆手，拐进了姥姥家的小区。

告别了穆沐，我才来得及整理那些我对她清晰而又模糊的记忆。那是在小学四年级时的一个下午，刚转学来没多久的穆沐同学拎着书包，和当时的班主任老师一同站在讲台上。

"同学们，穆沐同学因搬家不得不离开我们这个集体。"老师平淡地说，"接下来让穆沐同学和大家告别……"

话音还没落，穆沐就把书包放到了讲桌上，扬起了一股粉笔灰。我记得老师皱了皱眉，我当时的同桌还装模作样地咳嗽了几声。

"同学们，虽然我们相处的时间很短，但是我真的很喜欢你们。"穆沐一边说一边快速地打开书包，从里面抽出一沓纸来，"我给你们每个人都画了一幅画像，你们一定要记得我，放学了也要来我家玩。"

穆沐说完，全然不顾班里稀稀拉拉的掌声，就跟着班主任老师出了教室。

穆沐不是成绩最好的孩子，也不是老师喜欢的孩子，尽管我到现在都觉得她是我的同学里最漂亮的那一个，可是在小孩子的世界里，老师不喜欢的孩子注定没有办法成为全班最受欢迎的那个人。

我到现在都不敢想象，如果穆沐知道了那些画像一个星期之后几乎都出现在了班级最后面的垃圾箱里，会有多难过。

就在我以为再也见不到穆沐的时候，穆沐又一次转学到了我的班级，还是和之前一样短暂的过场之后，就消失在了我的视线里。唯一不同的是，像很多好看的女孩子一样，穆沐走了，传闻却留下了。

有人说，穆沐是因为和一个高年级的男生谈恋爱，分手之后转学的，还有人说，是因为穆沐家里做生意赔了很多钱，迫不得已才转学的。

流言是最不需要成本的东西。所以在别人眼中的穆沐同学，就成了一副交际甚广，男友众多，处事张扬又成绩不好的模样。

仅此而已。

然而我看到的，却是一个穿着每个人都有的校服，戴着所有十五六岁女生都喜欢的发卡，和我一样把书包肩带放到最长，再普通不过的高一新生罢了。

流言像是一只无形的大手，紧紧地扼住了真相的咽喉。

吃过晚饭后我躺在床上，忽然想起初中时没有任何征兆的传言——"李晓唐和六班的陈晨是一对儿"，陈晨是我小学时的同学，也是陆悠鸣最好的朋友。我们一起当合唱团的领唱，也一起参加校庆表演。在"六一的鲜花"，"七一的党旗"和"九月的园丁"里建立了坚固而纯真的友谊。

但升上中学之后，不知从什么时候开始，当年同班的同学不约而同地认定了我和陈晨是一对儿。孩子总是会把错觉当作喜欢，也总是会把流言当作真相。我甚至还听到过陆悠鸣问陈晨，他是不是真的喜欢我。

然而腼腆如陈晨，是无论如何都不会去解释的，他关注的只有学年大榜上面那个唯一在他名字前面的人，还有他家里那些码得整整齐齐的科学杂志。我只好小心翼翼，尽量不去和他说话，最终还是把小时候的无话不谈，变成了无话可说。

我时常会想起那个总是穿着白色T恤戴着深蓝色镜框的干净少年，只是再也不会如小时候那样肆无忌惮地站在楼下喊他出来，也不会像小时候那样背不出来朗诵词哭着给他打电话了。

所以你看，小时候的友谊是多脆弱的东西啊，就连几句同龄人的玩笑话都承担不起，霎时间就面目全非。

等我早上惊醒时，已经八点半了，赶紧洗漱了一下就慌忙骑着自行车向一中飞去，远远地就看到穆沐坐在自行车后座上，搂着前面男生的腰。阳光透过树叶照在她身上，披散下来的及腰长发晃出一圈圈的光晕，手里提着一个画具盒，穿着一条修身的牛仔裤，露出两只纤细的脚踝。我低头看了一眼自己，匡威球鞋的最前面不知道被谁踩了一个脏脏的脚印，忽然开始后悔——应该打扮打扮再出门的，再怎么着，也得穿双干净鞋啊。

"晓唐，你来了。"穆沐合上了手机露出了招牌式的微笑。

"嗯。"如果说穆沐的招牌表情是微笑，那我在她面前一定是一个大写的难为情。说来也奇怪，在穆沐面前我永远没办法装出平时那个开朗的我。

打过招呼之后，我们就去了穆沐学画的地方。

画室在一中后面一座居民楼的二层，穆沐推开门，一阵水彩颜料的味道迎面袭来，这种味道对我而言只在美术课上出现过。小时候我也学过画画，别的孩子即使不算璞玉，多少也能算块石头，而我在画画这件事儿上，基本就是块朽木，物质成分都不是一个类型的。在老师无数次的摇头和皱眉之后，我妈终于发现我并不是这块料，欣然放弃了把我培养成少女徐悲鸿的远大理想。

"你俩去吧，我在外面等着。"那位男生说。

穆沐只是"嗯"了一声，就进了画室。我跟在她后面，轻轻关上了画室的门。

坦白说，这间画室和我想象中的不太一样。我想象中的画室是纯木地板，有大大的落地窗和纯白的窗帘，所有人的表情安详而文艺，安静地描摹着中间摆放的一盘水果，墙上贴着莫奈、梵高、伦勃朗的画作，背景音乐是肖邦或者维瓦尔第的组曲。而实际上，这只是一栋普通得不能再普通的居民楼，地上溅着各种颜料，四处散落着各种素描习作，大多是人像速写或者是立方圆锥这样的图形。每个人既不文艺也不安详，临近艺考的学姐和学长们顶着一张张明显睡眠不足的脸，而其他暂时没有笼罩在考试压力之下的男生和女生边画画边嬉闹着，和着楼下小贩叫卖的声音，一同传进了我的耳朵里。

穆沐放下书包，叫了一声"老师"，就径直向角落里的男子走了过去。老师抬起头时，我向他摆摆手，露出了我从小就轻车熟路善于伪造的开朗微笑。老师点了点头就又戴着耳机沉浸在了自己的世界里。

"先坐这儿吧。"穆沐指了指旁边的沙发，然后从书包里掏出了一个铅笔盒,把书包递给我。

我看着穆沐用一支铅笔勾勒出各种线条,又不断地修改,无名指和小拇指也渐渐染上了铅粉的颜色,这时老师站了起来拍了拍手说道:

"今天我们画人像。"

"没模特啊老师,难道画你?"一个短头发女生说道。

"那不有一个现成的吗?"旁边的男生指着我的方向说道。

我当时只是看着穆沐的画板发呆,抬起头才发现所有目光都透过画板的间隙向我袭来。我赶忙求助一样地看向穆沐。

没想到穆沐拉着我的手站了起来,说道:

"你会喜欢的。"说完还拨了拨我乱掉了的刘海。

"同学,你就当一下吧。"其他人也七嘴八舌地议论起来。

"那……好吧。"我慢吞吞地说道,脸上热得发烫。

我和陈晨虽然经常参加演讲比赛什么的,但是生活中都是很容易难为情的人,唯一不一样的是,陈晨始终是"表里如一"的腼腆,而我则是"处心积虑"地假装开朗。我这个人虽然偶尔抖个小机灵,但是这么多不认识的人一直盯着我看,一时间还真是有点厌了。整个人缩在中间的凳子上,眼睛盯着地面。

"我说同学,你怕啥啊?"

一个操着纯正东北口音的学生说道。东北话总是自带小品气场,大家都笑了,我也跟着不好意思地笑了起来。这么一笑,反而放松了许多。周遭渐渐地陷入了一片安静,执着于自己眼前的那块画板。

在我听了无数遍楼下的叫卖声,几乎能把楼下小贩那几句"蟑螂药老鼠药卫生球,补盘补锅补铝壶"背下来的时候,之前那个短发的女生说了句:"好了。"

房间里又渐渐热闹了起来,老师也一圈圈地踱着步子,时而停下来点评几句。不知道是学校之外的美术班还是什么原因,我发现这里的气氛轻松不少,相比于育文不苟言笑,就连下课出去走走都会有愧疚感的重点班而言,这里更加像一个真实存在的世界。

"晓唐。"穆沐小声叫着,"可以过来啦。"

我赶忙离开了中间那个目光聚焦点,一溜小跑到穆沐身边。

穆沐画板上的那个女孩子,眼神里带着一丝向往和胆怯,头发随意地垂到肩上,双手不安地绞在一起,半个身子隐匿在了秋天的阳光里。

这是十五岁时的我。

"我画得还不太好。"穆沐盯着眼前的画说,"总是处理不好阴影的部分。真到考试的时候,肯定是要扣分的。"

穆沐边说边收起她的画具，连同我那张倔强又羞涩的脸一同关进了画夹里。

"要去吃饭吗？"

"不用了，我约了别人一起吃饭。"我赶忙说。实际上并没有人约我，我只是单纯觉得当个电灯泡是世界上最无聊的事情。

穆沐也没有挽留，只是下楼时对我说了句"路上慢点"，就轻快地跳上了男生的后座，向着另一个方向走了。我又回到了自己的世界，一个集合与函数的世界，一个消灭了我积攒了十五年的踌躇满志的世界。

周一早读之后，我正拿着萧湘子的数学练习册对周末的作业，就听见前桌的同学回头说有人找我，抬起头，看到穆沐站在我们班的门口，怀里抱着一沓素描纸。

"这些都是给你的。"穆沐把那一小摞素描纸递给我。

我翻了翻，每一张都是那个羞赧而又倔强的我，有正面，有侧面，还有背影。不知为什么，还有上了颜色的卡通插画。我不禁涨红了脸。

"昨天下午我管大家要的，都是练习作品，别介意。"穆沐说道。

"怎么会。"我抬起头，一字一句地说，"我会好好收藏的，真的，谢谢大家。"

我的一本正经让穆沐笑了起来，说真的，她笑起来特别好看，眼睛下面微微凸起，弯成两条弧线。就在这时，上课铃响了，穆沐边往教室跑边冲我说道：

"今天中午我还等你，咱俩一起回家。"

我摆了摆手，看着她隐没在楼道的人群中。忽然特别羡慕这些会画画的同学们，练习稿也罢，即兴插画也罢，这一摞素描纸让我看到的，是一个完全不同于我，不同于陈晨，也不同于陆悠鸣的，更有温度和色彩的天空。

part 4

如果
没有妹妹就好了

✕

"李晓唐,你来讲一下碱金属的化学性质。"高老师在讲台上慢条斯理地说道。

我像是触电了一样地弹了起来,但却一个字都说不出来。

"碱金属性质。"萧湘子小声地说道。

"什么?"我赶忙用化学书盖住下面的数学练习册。

高老师这时不耐烦地用手里那根细长的伸缩教鞭敲了敲黑板,示意我坐下,说:

"有些同学啊,就是抱着学文科的心态来的育文,以为只要文科排序好,就能进重点班了。但是——"老师顿了顿,扶了扶那副嵌着茶色镜片的大眼镜说,"对待化学是这个态度,对待历史和政治就能好起来了?"

我低着头，拼命地盯着化学书，但一个方程式都没钻进脑子。这些话戳中了我的全部心思。虽然是保送，但我数学学得极差，一直以来都是把学语文和英语的时间放到数学上，才能勉强得到一个相对可观的分数。开学才刚刚一个月，我的短板就已经暴露。育文分文理科是分别参考文科排序和理科排序的，思考再三，我决定直接放弃物理和化学，把时间都放在数学上，但短板终归是短板，我还是错得一塌糊涂，红笔永远比蓝笔用得多。

这时下课铃响了，老师说了句"下课"就出了教室。班长宋彬冲到讲台上大声说道：

"同学们，秋季运动会开始报名啦！"

没有人回应，宋彬拿起黑板擦敲了敲黑板又重复了一遍，依然没有人搭理他。我这时忽然同情起了宋彬，说实话，高一（1）班不像是一个班集体，更像是一辆公共汽车，每个人早上准时搭乘，在这辆公共汽车上一路坐到终点站，之后各回各家，每天总是能遇到相同的面孔，但没有人会闲到跟陌生人聊天和交心。这趟车唯一通向的地方，就是高考，除此之外的事情，一概无人问津。

就在宋彬拿起黑板擦准备再敲一次黑板的时候，讲桌正下面的赵维维忽然站起来说：

"宋彬你有完没完了，弄我一脑袋粉笔灰。"

"对不起啊，对不起啊。"宋彬尴尬地笑笑，赶忙把黑板擦放了回去。

赵维维这么一吼，班里倒是一大半的人停下笔了，全都看着她。

"这么着吧。"赵维维边扇着身边的空气边说，"反正咱们也比不上人家体育班，重在参与。我先报个400米吧。"

"哎！"宋彬一脸感激地看着赵维维，赶忙在表格上做好记录，生怕赵维维突然反悔。

"那我也报一个吧。"最后一排那个军训时被教官收走了英语书的黑瘦男生也站起来说，"就报个200米吧。"

报了几个人之后又没了动静，宋彬开始挨个问了起来。

"林思达你长这么高，不报个跳高啥的？"宋彬一脸讨好样地凑了过去，毫无班长架子。

"不报了，我要参加化学竞赛辅导，运动会那两天来不来还不一定呢。"

"李晓唐，你不来一个？"林思达拒绝了之后，宋彬把目标放在了我的身上，"你看上去，一定是真人不露相啊。"

"……"我实在不好意思拒绝宋彬，但一时半会儿也想不出什么我能参加的体育项目。以前在运动会上，我都是坐在最后面默默写稿子的那个人。偷偷地从体育委员那里看好陆悠鸣参加的都是哪些项目，然后堂而皇之地写下每一句赞美之词。

"那……你负责写稿子总行吧？"宋彬想了想，还是作了妥协。

"这个行!"我松了一口气,总算不用气喘吁吁地被甩下一大截了。

宋彬一笔一画地记下了我的名字,然后赶在上课铃响之前回到了座位。

"听说,要开运动会了?"地理老师林立还没走上讲台就翻开了教案。

"是啊,林老师,下周五就开。"宋彬说。

"运动会好啊,我当年上学时候最喜欢运动会了,一是我体育好,二是不用上课。"林老师笑着说,还挠了挠头,牙齿整齐而发亮,像个刚毕业的大学生一样。之前体育课上,我就听其他女生说他是整个高一年级组最帅的男老师,是课间最常被女生提起的名字。不过我们班大多数人似乎并不在意林老师的脸,他们更加在意的是他现在讲到的昼弧夜弧。林老师只得尴尬地咳嗽一声,然后徒手在黑板上画了两个圆。

中午放学,我独自一人走向车棚,穆沐这几天一直是和那个一同去画室的男生一起回家,我也不愿意当电灯泡。而今天穆沐却自己一个人站在车棚的门口,看到我之后高兴地走了过来说:

"晓唐,中午带我回家吧。"

"可是我……不会带人啊。"我不好意思地说。

"那骑你车子,我带你。"

"你自行车坏掉了吗?"我扶着穆沐的腰坐在后座上。

"没有啦,今天没骑而已。"穆沐一边挥手和路过的同学打招呼一边说道,穆沐骑得很慢,我们渐渐地落到三三两两人群的最后面。

"晓唐。"穆沐忽然叫了我的名字,"我一个人了。"

我松开了搭在穆沐腰上的那只手,放到了后座的车架上,此时此刻我讨厌起自己的词穷。

"没有理由。"穆沐没有理会我的无言以对,自己说道,"不过也好,我也不太在乎,我这么漂亮,还怕找不到?"说着说着,自己倒笑了。

"好了,到你家了,我自己走回去,下午一起上学啊。"穆沐说完就把车子递给我。我看着她渐渐走远,心里泛起一阵心疼,我亲爱的穆沐同学,你说着不太在乎,却为什么不小心让我看到你红着的眼眶。

所谓朋友,总是或多或少有着相似的骄傲。就像是我努力掩盖着自己的羞赧与不安那样,穆沐也在掩饰着自己的失落与伤心。一个星期之后的运动会上,我又看着她穿着白色的网球裙,昂着头举着高一(7)班的牌子,走过北方十月朔朔寒风的操场,无视所有注视她的目光。

田径项目预赛检录的时候,宋彬捅了捅我:

"李晓唐,该去送稿件了。"

说实话我从来没走进过广播室,军训结束的第一周我偷偷报名参加了广播员竞选,结果却在第一轮就被淘汰。面对自己曾经失败的地方,总是或多或少有些胆怯。我深吸一口气,喊了声"报告",就推开了广播室的门。

里面坐着两个女生,穿着高二年级的校服,并排坐在话筒前面,一起看向我,两个人都好看得像是少女杂志上的模特那样。说实话,被两个美少女盯着看,我是有些尴尬的,我干咳了一声,想化解紧张的气氛。这时短发的学姐笑了:

"是高一年级的,来送稿件的?"

我点了点头,把手里的一沓稿子递了上去。

"在这里填好班级。"长发的学姐递给我一张表,随之而来的还有一阵洗发水的香味。

"哇,你是实验班的。"她看着表格说,"真是了不起。果然连稿件都比其他班多。"

"我们老师说了,体育咱们班是不行了,精神文明班还是可以竞争的。"

学姐笑了笑,这时我的手机响了,是陈晨发来的一条彩信,照片上,陆悠鸣迎着阳光,站在主席台上,手里拿着一张发言稿,就像那些年在运动会时令我仰望的那副模样。

"哟，这谁啊。"身后一个声音忽然说道。我偏过头，看见一个少年站在我旁边，和两个学姐穿着一样的校服，一只金属口哨在胸前闪着光，不知为什么总觉得有点眼熟，却想不起来在哪见过。

"八十份对吗？"短发学姐问道。

我点了点头，把手机放到桌子上，在最后一栏签上了自己的名字，和学姐道谢之后，正要拉开门走出广播室，长发学姐说道：

"以后来广播室敲门就好了，不用喊报告。"

我吐了吐舌头，从外面关上了门。

刚刚回到看台，就听到广播里传来短发学姐的声音：

"下面播报高一年级组女子400米决赛成绩，第一名高一（1）班赵维维……"

第二第三名是谁我没听到，耳边都是班里同学的欢呼声，就听见宋彬在人群中大喊，"我就知道赵维维行。"就连坐在裁判席上的老师们，都罕见地站起来和大家一起鼓掌。这时我看到萧湘子一个人坐在看台的最高处，插着耳机，抱着一本练习册看着前面的我们，刚要站起来，却又坐了下去。我朝着她的方向摆了摆手，看着她的微笑融化在了阳光里。

运动会进行到一半时，阳光照在身上，加上昨天看书又看到很晚，恍惚之间我看到我爸和冯阿姨，还有我妈，分别领着一个小女孩走了过来，我还纳闷儿为什么他俩会同时出现，而且为什么会一人领着一个别人家的孩子，这实在是太莫名其妙了。这时冯阿姨牵着的那个小女孩叫道：

"李晓唐，李晓唐同学……"

莫名其妙，一个幼儿园小孩叫我同学，我摆了摆手，露出一副不耐烦的神情。但这声音却越来越清晰，我脑袋向左一歪，清醒了过来。

就看见刚才在广播室遇到的学长蹲在我的旁边，一脸嘲笑地看着我：

"你可真能睡啊。"

我揉了揉眼睛，傻头傻脑地叫了一声"学长好"。在身旁同学和学长的注视下脸庞开始渐渐发烫。

"这手机是你的吧？"学长把手里那部诺基亚5300递给了我。

我这才意识到，刚才一个不小心，居然把手机落在了广播室，看来睡眠不足真的是记忆力之大敌。

"以后小心点吧。广播叫我了，再见。"

还没等我道谢，学长就离开了看台。

几分钟之后，我收到了一条信息，来自一个陌生的号码，上面写着：

"我叫程云皓，找到手机了，还不请我喝饮料？"

还没来得及回复，就听萧湘子俯下身子问道：

"晓唐，你认识程云皓？"

我赶忙摆手："这怎么可能，当然不认识了。"

我转念一想，一心只读圣贤书的萧湘子怎么会突然关心起和她完全不在同一个世界的程云皓，于是回过头去问她怎么忽然这么问。

萧湘子把阳伞夹在下巴和肩中间，别别扭扭地摊开了一本王后雄学案，一脸正经地对我说：

"他有个双胞胎妹妹，叫程云霄。"

程云霄是我和萧湘子同桌以来，我听到的除了老师之外最多的名字，是萧湘子乃至全体学生眼中的榜样，按我的理解她就是高年级的"文科陆悠鸣"。听萧湘子说，程云霄是隔壁市的，在家乡就是第一名，考上育文之后，不论大小考试从来都是第一名，英语和数学总是近乎满分。至于萧湘子怎么知道她还有个哥哥，家里就是为了她才举家搬过来这些事情，就不得而知了。

手机又振动了一下，我打开一看，还是刚才的号码：

"这么小气啊——"

我哭笑不得，这和少女文曲星的哥哥这个设定相差也太多了。

"晓唐。"萧湘子忽然用一种倍儿真诚的眼神看着我，感觉下一秒钟就要跪下来跟我求婚似的，"你能跟程云皓套套近乎吗?"

我意味深长地看着她,直到对面的人脸上被晒出了红晕。

"你想哪去了,我是想搞一份程云霄学姐的笔记看看。"萧湘子的表情去拍谍战剧都不过分,"他不是刚给你送手机来吗?我出钱买饮料,你给他送去,一来二去不就熟了。"

我乐了,这两人真是想一块去了。加上我也想看看传说中学神的笔记,就还是答应了下来。于是回过身给程云皓回复了一句:"你想喝什么呢?"

"不用啦,开玩笑的。"一分钟不到,便有信息发送过来。

我把手机递给萧湘子看,表现出一副爱莫能助的样子。

"晓唐,你也想看的对不对?"萧湘子抓着我的手,眼睛里快要溢出星星来。

我点了点头,不知道她到底要干什么。

"那直接跟他借怎么样?"萧湘子越来越激动,"你要是不好意思,就说是别人托你问的。事成之后我替你干值日,下周你干的可是户外环境区。"

"对啊,我也想看看呢,晓唐你就帮个忙吧。"林思达不知什么时候也加入进来。

"你不是学理科的吗?"萧湘子说。

"这你就不懂了,我学的是思路方法,不是死记硬背……"

"好好好,我问还不行。"眼见着林思达又要开始长篇大论,我赶忙打断了他那堪比莎士比亚戏剧台词的独白,掏出手机给程云皓发信息。

"学长,可以帮个忙吗?"

"哟,饮料还没喝上呢又找我帮忙啦,陆悠鸣那小子?"

我脸上一阵发烧,居然被看穿了。而萧湘子正眼巴巴地看着我,我只好回复道:

"我们想借程云霄学姐的笔记看一看,可以吗?"

信息发出去我才觉得不对,赶忙又问了一句他是怎么认识陆悠鸣的,等了十几分钟也没有回复,我回头问萧湘子:

"到底这两人是不是兄妹啊,你别弄错了。"

"放心吧,不会有错的。"萧湘子胸有成竹地说。

正在这时,短信来了,是程云皓,上面只有两个字:

"可以。"

我正要告诉萧湘子时,第二条短信闯入了我的屏幕。

"去年搬来的时候是邻居,跟我妹一路人,烦。"

我回头看了一眼萧湘子,还在撑着伞看那本王后雄学案,我回过头去发了一个问号的表情符号。

几分钟后,屏幕上多了一段话:

"从小我就以我妹的标准被要求着,在我爸眼里,成绩不好等于一无是处。"

接着一条是"下周一来我班取笔记吧,高二(3)班"。

这时听到广播里传来声音:"高二(3)班程云皓同学,在高二男子组200米决赛中,打破校级记录……"

我忽然想起,在校门左手边状元榜下方的角落里,有一个少年穿着运动服,手里拿着一个奖杯,下面的注释写着:我校高一学子打破省级高中生短跑记录。

没有名字,没有成绩,运动场上的数字被淹没在浩如烟海的分数海洋里,就像《海底总动员》里走丢的小丑鱼尼莫那样,被一大群鳞片发亮的鱼横冲直撞地包围着前行,最终却还是落了单。

part 5

如果
你学理科就好了

×

每个周一的6点40分到8点,都是一个星期里最难熬的时候,我是无论如何都不明白为什么有些人能如同永动机一样,每周都一如既往地保持着高亢的学习热情。我这个人不怕挑灯夜读,就怕早起,永远都是踩着铃声进班的那一个。

然而今天一早,我却连铃都没踩上。

当我从后门溜进班时,高老师正低着头,透过他那两块厚厚的茶色大镜片盯着教案,教室里充斥着永不间断的读书声。自从初中开始,我就对"书声琅琅"这个词有了一种极其强烈的怀疑:读书声在早自习时从来没有"琅琅"过,一直都是"书声嗡嗡"才对。我弓着身子,想从最后一排溜到座位上,却不料一脚踢翻了教室后面没放好的水桶。

"李晓唐，你干什么呢？"高老师听到声音抬起头来，"为什么迟到？"

"老师，我……"

"我不想听任何解释！"

"不想听解释还问为什么迟到……"我嘀咕着，这时下课铃响了，高老师指了指后门，我无奈地拎着书包走出了教室。我们班有一个堪称变态的规定：只要早读迟到，就得拿着班里那张"迟到奖状"站在教室外面，经受课间来自同学和老师们的"注目"。上个星期我刚刚在宋彬罚站的时候用手机偷偷拍了照，结果风水轮流转，这周就轮到了自己。

刚出班门，就看到楼上下来一个高二年级的学姐，看到我走出班门，叫住我说：

"同学，我想找一下你们班的李晓唐。"

"我就是李晓唐，你是？"我实在想不起来为什么会有人在一大清早就找我，还是高二的学姐。

"上周你跟我哥哥说，想借我的笔记是不是？"

我恍然大悟，这就是传说中的天才少女程云霄，留着短发，戴着眼镜，一件白色的连帽衫从校服里面翻出来，瘦弱而高挑，和她哥哥一样。

"谢谢学姐。"我接过笔记本，心想这个星期的值日就归萧湘子了。

"你在罚站?"程云霄看了看我手里的迟到奖状和脚下的书包,扬了扬眉毛。

"是啊,早上迟到了。"我抱歉地笑笑,心里恨不得给自己一个嘴巴子。

"你用完之后送到我们班,不用再麻烦我哥了,我是高二(8)班的。"

程云霄说完就上楼去了,我把笔记装进书包里,继续在门口接受来来往往师生的注视。

回到座位上,我把那摞笔记掏出来递给萧湘子:

"值日别忘了啊。"

"这都小事儿。"萧湘子说着就赶紧翻开了笔记本,"不愧是第一名啊,这笔记比辅导书还专业,晓唐你看。"

我凑上前去,那是一个活页笔记本,里面的每一页被都竖着分成了两部分,宽的一部分记笔记,窄的一部分大概是程云霄自己写的注释。字迹清秀而整齐,鲜少有涂改的痕迹。萧湘子翻到最后一页,发现封底的透明插袋里有一张照片。

照片上的两个小孩梳着一样的短发,穿着同一个款式的背带裤,一人拿着一个气球,连笑起来的样子都出奇的相似。

"你看，是兄妹没错吧。"萧湘子说，"好羡慕啊，兄妹之间感情这么好，照片都放到笔记本里。"

我想起了之前运动会时删掉的信息，没有再说些什么。

"你们说，如果程云霄学理科了，那还是第一吗？"林思达转过身来说道。

"程云霄中考时数理化三科都是满分，这还不算，分到文理班之后她还参加了化学竞赛，所以说，学习好的人是不分文理科的。不像有些人啊，背不出来新文化运动的意义，就说什么'文科无用论'。"一向不太爱说话也不太合群的萧湘子，面对林思达，却从不吝啬自己的讽刺。

"我可没这么说啊，姐姐。"林思达连忙摆手，"那她要是学理科就好了。"

"为什么啊？"我从书包里掏出姥姥昨天晚上给我买的面包。

"理科，那可是改变世界的大学问。"林思达故作深沉地说。

"行了行了，你转过去吧，上课了。"我一边吃面包一边说。

我的那些老朋友，他们都在这个城市的另外一边努力着，去学"改变世界的大学问"了，而我，口口声声说着自己要写出好故事，却总是瞻前顾后，心里混乱着辨不清方向。说实话我多么怀念从前的时光，但时光，就好像从不曾记得我出现过一样。

秋天的那段"小插曲"似乎并没有影响到穆沐的少女情怀，在北国凛冽的冬季与期末复习一同呼啸而来时，穆沐拉着我在回家时路过的商场买了一条围巾，脸上满是少女的柔情。

"晓唐，你知道吗，我要开始努力学习了。"穆沐把围巾捧在手里，鼻尖微微发红，"向斯年是崇理的，跟你一样，都是好学生。"

"崇理的？"

"嗯，期中的时候他说他考了第一名呢。"穆沐把一摞崭新的练习册放进自行车车筐里，"所以晓唐，你可要帮我啊。"

"第一名？"

"当然了，我还专门跑到崇理拍了他们的光荣榜呢。"穆沐把手机拿出来按了几下就递给了我，"你看，前十名都在光荣榜上。"

我心里那个水晶玻璃搭建的城堡忽然塌陷了一块，我的一向倔强，从来没有经历过失败的少年，如今光荣榜上却不见了他的踪影，代替他的，是一个戴着黑框眼镜，校服解开了两粒纽扣的陌生人，下面用红色隶书写着，"第一名　高一（1）班向斯年"。

"晓唐，你想什么呢?"

"没什么，就是有点困了。"

"你，肯定有事儿。"穆沐一字一顿地说。

"小沐你和向斯年在一起的时候——"我努力掩饰着自己的情绪，"他提没提过一个学习很好的同学，我们以前小学一个班的，叫陆悠鸣。"

"这可没有，我们说的都是我初中转学到他们班的事儿。当时他就学习好，老师都喜欢他，一开始我跟他坐同桌，可是我上课的时候忍不住，总想说话，老师就让我们两人一起叫家长了，万万没想到，我妈跟他爸居然是同事，你说巧不巧。"穆沐连珠炮似的说完了这些话，还继续沉浸在她和向斯年的回忆里不能自拔。

"哎，晓唐，你说你要是学理科就好了。"穆沐忽然来了一句。

"我? 我可不行。"我想到上个星期考得一塌糊涂的课前测试，赶忙摆了摆手。

"怎么不行，你不是保送的吗?"

"保送不代表我全能啊，自从上了高中，我就发现我数学越来越差了。一开始我说是因为想成为编剧才选择文科，现在在外人看来却像是逃避数理化的借口了。"

"我觉得，人只要是有想要争取的东西，那放弃其他做不好的事情就不算逃避。"穆沐说。

在这之前，我从来没同任何人分享过我对数学的惶恐和迷茫，就像我从小擅长的那样，努力去营造一种"我是有方向的所以才打算选文科，和学不好数理化才选文科的不一样"的感觉。然而一学期过去了，我发现自己再也不是曾经那个执拗地把天赋当作神明一样崇拜的人，我所有的骄傲，仅仅只是偏执。曾经的我抓住的不过是知识的一个衣角，却浑然不觉地认为那是整片海洋。数学带给我的不仅仅是成绩单上那个低迷的数字，更加令我不安的是，这门曾经让陆悠鸣和陈晨着迷的学科，让我生平第一次有了一种徒劳的挫败感，开始怀疑自己的学习能力。

"$a<0$时，幂函数图像在$(0, +\infty)$区间上是减函数，你看看你这个是不是，明显不是嘛。"

周五下午最后一节自习课上，我拿着萧湘子的数学练习册在对刚才上课时我漏掉的解题步骤，孟老师在我身后出其不意地点出了我的错误，而那时的萧湘子，已经开始练习默写《荷塘月色》里面"曲曲折折的荷塘上面，弥望的是田田的叶子"那一段了。

我抬头看着孟老师，吐了吐舌头。就在这时，忽然听到"哗啦"一声，林思达桌子上的一大摞教科书都掉在了地上，原来是这小子睡着了，一不小心全都碰倒了。

"意外，意外啊。"林思达一边捡书一边说。

"酣眠固不可少，小睡也别有风味啊。"萧湘子一边飞快地默写着课文，一边头也不抬地引用朱自清先生的话讽刺林思达。

"行了行了，都好好学习吧。你们虽然是重点班，基础一点都不牢，有些同学到现在都记不清函数性质，这怎么参加考试。"孟老师回到讲台说。

我忽然觉得脸上发烫，虽然知道孟老师不是针对我，但我始终觉得勤奋如每一个人，应该就只有我一个人会连函数性质都弄错。越是这样想，脑子里越是一团乱，翻回去看前面的步骤，也觉得十分模糊。

"晓唐，下课我们去高二那边还笔记吧。"萧湘子说。

"知道了。"被区区两个数轴弄得焦头烂额的我有些不耐烦地答应了一声。

"你好，我想找一下程云霄学姐。"

"程云霄，有人找。"最靠近门的学姐头都不抬地高声叫道，视线没有离开习题册哪怕一秒。

"学姐好。"萧湘子紧张得喘不过气来，"我是高一（1）班萧湘子。"

"你好。"程云霄淡淡地说了一句，接过笔记之后翻到封底看了一眼，就快速合上了，"萧湘子是吧，你可以先回去吗，我有话和李晓唐说。"

萧湘子和我对视了一眼，我一脸茫然地看着她，萧湘子只好自己一个人向楼下走去。

"我说李晓唐，你不会是喜欢我哥吧？"萧湘子刚消失在楼梯口，程云霄就迫不及待地把这句似乎准备了好久的话吐了出来。

"没有啊。"

"那你怎么给他发信息套近乎，还用我的笔记当借口？"程云霄不依不饶地说，表情一点都不像光荣榜上那个神情冷漠的天才少女，反倒像是一个被抢走糖果的幼儿园小姑娘。

"笔记是萧湘子要借的，她说借上了替我打扫环境区，我才给程学长发了信息。"这学姐怎么怪怪的啊，我在心里把白眼翻上了天。

"真的？"程云霄不安地问道。

"当然真的了，我之前都没见过你哥哥，而且话说回来，是他先给我发的信息。"我解释道，心里想着简直是莫名其妙。

"不是就好。"程云霄的表情一下子放松了下来，好像笼罩上了一层柔和的光，"很高兴认识你，我是程云霄，有问题随时可以问我。如果你学文的话。"说完从笔记本上撕下来一张纸，飞快地写了一串数字递给我：

"这是我的电话号码，随时打给我。"

我被天才少女阴晴不定的孩子性格弄得丈二和尚摸不

着头脑，糊里糊涂地接下了那张纸条。

"哎，一会儿我哥训练，要不要一起去看啊，就在操场。"

我还没答应，就已经被拉着跑下了楼，穿过散步的人群与喧闹的操场，身边一同奔跑的是从成绩单最醒目的那一行走出来的少女，笑容温暖得像阴雨连绵之后的阳光，三分钟前，却还充斥着不安的模样。

"我哥从小体育就好。"程云霄眯着眼睛看向跑道的另一边，"我身体不好，从小就羡慕他。我妈总是念叨，说都是他把营养吸收了，我才体质不好的。可能就是这样吧，他从上五年级开始就不怎么和我玩了。"

相比程云皓，我忽然同情起了程云霄学姐，她所有的紧张、崇拜和仰慕，都被一张考卷扭曲了本来的形状，浑然不知地承担起了作为"双胞胎里学习好的那一个"的全部骄傲和悲伤。

"刚才真是不好意思。"程云霄忽然说道，"我之前一直以为，你只是想搭讪我哥。"

"没什么，没什么。"我拿双手用力一撑，坐在操场外面的栏杆上，程云霄也跟着坐到了我的旁边。

"我哥初三那年，跟一个女生走得很近，是我的同班同学，跟我不相上下。结果被我们班主任知道了，他说就是一个体育生把一个尖子生带坏了。我哥以为是我告的状，整整两个星期没跟我说话，还跑去和教练说他再也不练体育了，闹着让我妈给他报补习班。"

"然后呢？"

"我妈当然高兴了，但是当时还有两个月就中考了，我哥后来还是靠着体育特长生的优势来了育文。但就在这两个月的时间里，他错过了省队的选拔。我一直都觉得，我哥就是为了体育而生的，无论如何我都希望他能完成这个梦想。"

"于是你就暗中驱逐所有靠近他的'妖魔鬼怪'？"

"也不是所有，我哥这个人挺别扭的。他很少管别人的闲事儿，所以当时他跟我说有高一的同学想借我的笔记，我还挺惊讶的。"

我不禁笑出了声，觉得我们在说的根本是两个人。

程云霄没理会我，继续说道："那个女孩中考失利，就留在我老家的学校念书，听我妈说他们应该没什么联系了。从那之后，我哥就一心都在训练上，对什么事情都一副事不关己的样子。直到那天他跟我说你管我要笔记，还说你是高一实验班的，我就开始慌了，生怕之前的事情再发生一次。我哥已经错过了一次机会，我不能眼睁睁地看着他两次踏入同一条河流。"

"学姐你放心。"我郑重其事地拍了拍程云霄的肩，说道，"我不会对他有非分之想的。"

"而且。"我想了想又补充道，"我有一个喜欢的人了，在崇理。"

"在崇理？那你为什么当时不去崇理呢？我家邻居那小孩儿，也是第一名，后来据说搬到崇理那边去了，叫陆悠鸣，搞不好你们还认识呢。"程云霄说。

"因为我想学文科啊，我想写故事，写很多很多故事。倒是学姐你——"我害怕被程云霄发现我喜欢的人就是陆悠鸣，赶忙岔开话题，"为什么选文科呢？"

"这个问题很多人都问过我，就连我爸妈都说'如果你学理科就好了'，我每次都说，因为读文科我拿第一比较容易，更容易考上北大，但实际上，我是真心喜欢这些研究社会与人的学科，面对千百年的政治变革，权力倾轧，我们每个人都活得太过于渺小，我现在都还记得第一次在书店翻开一本《全球通史》时的感觉——那种兴奋到颤抖，觉得自己发现了一个永远无法抵达，只能依靠想象去满足好奇心的世界。但其他人关注的并不是我喜欢什么，他们在乎的只是我拿到几个第一名，于是我只好将计就计，告诉他们这样我才能拿第一。"程云霄说完这些话，吐了吐舌头。

"那如果当初学了理科呢？"

"大概就是一个普通的尖子生，永远当不了我自己的第一名。"

"学姐，我们一定都会成功的。"我傻呵呵地跟程云霄说。

　　远处跑道上的少年停止了训练,坐在操场上,背对着我们的视线,只留下一个倔强的背影。这时晚自习的铃声响起,程云霄跳下栏杆对我说:

　　"晓唐,我真喜欢你这个小姑娘。"

part 6

如果
不是第一名就好了

×

高中的第一次期末考试就在这个冬天的第二场大雪里结束了，最后一门课是文综，相比于前一天的理综简单太多。交卷之后我走出考场，就看见穆沐站在门外。

"我没问你在哪个考场，但是我猜肯定是第一考场，按成绩分的嘛。"穆沐笑着说。

"走吧。"我笨拙地把书包背上，"考完试了吃点好的去呗。"

就在我和穆沐大跨步迈出校门的时候，有人叫住了我，我回头看去，是陆悠鸣。

"你，怎么在这儿？"我有些意外，还有些惭愧，昨天的理综和数学考得不好，更加凸显了我见到陆悠鸣的窘迫。

"这个，就你们学校这边的书店有。"陆悠鸣递给我一本数学练习册。

我接过练习册，看着眼前这个男孩，北方的冬天给他的耳朵染上了微微的红色，早已亮起的路灯照着他睫毛上颤动的雪花，他似乎又长高了一点，我就这样错过了他十六岁的秋季与冬季。

"期末考得怎么样？"我想问他过得好不好，一着急却变成了这样一句不痛不痒的客套话。

"还行，马马虎虎。我们比你们早考一天。"陆悠鸣说，雪下得越来越大，他的眼神也越来越模糊，"哦对了，这本书送你了，我再买一本，趁寒假多做做。"

"那个……"我戴着手套接了过来，很想问问他为什么中考之前说好了来育文找我，却除了不痛不痒的"中秋快乐"之外，再也没了声响，可是话到嘴边，却只有一句谢谢，和一句匆忙的道别。

我抱着那本练习册站在路灯下，看着他单薄而又倔强的背影消失在街角，既快乐又悲伤。回忆是一种无论如何都不能盖棺定论的东西，总是顽固到念念不忘，又总是不停地被现实冲刷成另一种形状。

"晓唐，刚才那个男生，就是陆悠鸣吧。一点都认不出来啊。"穆沐拉着我坐进了一家粥店唯一一个靠窗的位置。

我点了点头，小心翼翼地把刚才陆悠鸣给我的练习册放到书包里。然后用袖子在玻璃上擦出一小片清晰的世界，盯着外面的人归心似箭又步履蹒跚。

"爱情啊，总是让少女感到迷茫啊！"穆沐故意感慨着，翻看着手里的那张点菜单，"吃什么？"

"和你一样。"我随手翻开手机，看到一条短信，来自一个我编写了无数次短消息，却从来不敢鼓起勇气发过去的号码：

"寒假一起去市图书馆自习吧。"

我合上手机，看着穆沐说："这下我真的迷茫了。"

穆沐端着一杯热水说："怎么了，你要约会了啊。"

我点点头，眼看着穆沐被一杯热水烫了舌头。

"你俩去哪儿？"穆沐一边吸着凉气一边说。

"市图书馆自习。"我想了想又补充道，"也不算是约会。"

"你们这些第一考场的人啊，啧啧啧。"穆沐冲着我吐了吐舌头。

仔细想想也确实不算是约会，搞不好只是交流一下两个学校的期末考试题也说不定，我开始努力给自己泼冷水，生怕期待过多反而显得自己特别傻。

"话说回来，晓唐你这学期不用的笔记都借我一下，用完给你送回去。"穆沐把一碗燕麦粥推到我的面前。

"哟，发愤图强，跟向斯年看齐啦？"

"我给你讲下次见他的时候我都想好了，聊化学，他最喜欢化学了……"

我看着穆沐神采飞扬地聊着一个我只在照片和光荣榜上见过的少年，全然不似那个在秋天红了眼眶的女孩子。我羡慕她的同时，却又害怕她的投入会让她一次又一次地遍体鳞伤。

今天下雪，我们两个人都没有骑自行车，等车的时候我把头缩在大衣的领子里，穆沐看到就把脖子上那条长长的围巾也系在我的脖子上。雪天总是会令人产生各种各样的情绪，我们就这样站在路旁，分享着冬天的温度和故事。

"晓唐你知道吗，我爸妈在我读小学时离过一次婚，他们总是在分分合合，和对方，也和其他人。他们考虑自己总是多过我，因为这个，我也总是在转学。我知道很多人都不喜欢我，觉得我总是太张扬，太随意。可是如果不这样，别人怎么会在我转学之前就记住我呢？所以说，如果没搬家就好了。"

"所以你就参加各种活动，努力寻找一个真正会把你记在心里的人对不对。"

穆沐没有说话，只是点点头，眼泪啪嗒啪嗒地落在那条长长的围巾上。

我抬头看了看因下雪而异常明亮的夜晚，竭力使自己的声音显得平静而成熟，"从某种层面来说，我也一样。我们都在自己的轨道上努力着。所以穆沐同学——"我生平第一次主动挽起一个人的手说,"我们一定能过上我们想要的好日子的,我保证。"

"晓唐的轨道是?"

"当编剧,把所有的故事都记录下来。"我想了想,第一次郑重其事地对着眼前的女孩说出了自己第二重要的秘密。

"就和画画一样。我一开始学画画就是为了把我爸爸妈妈都画下来,他们一看到我画的画,就不吵架了。所以我小时候就觉得,只要我坚持画画,他们就不会分开。"穆沐吸了吸鼻子,"晓唐想写什么故事呢。"

"我们的故事。"我想了想补充道,"还有我不能抵达的故事。"

"我们?"穆沐回头看着我,眼睛红红的,"也有我?"

"我觉得每个人都有可能出现在我的故事里。"我认真地回答道。

"那我要当一个超凡脱俗的绝世大美女,全世界的王子都为我倾倒那种。"

"才不要,这故事太俗气了。"

"晓唐你写嘛,你写嘛……"

我眼中的穆沐同学,有着和我截然相反的性格和理想,但我们却在这样的雪天分享着彼此内心深处最惶恐又不安的秘密与最渴望又快乐的梦想。我理解她,又心疼她，就像她对我一样。

到家之后，陪姥姥看了一会儿电视，这时电话响了，是我妈。

"晓唐，最近学习怎么样。"

"嗯，还行。"

电话的另一端停顿了一下，接着说：

"分了文理班就好了，你就又是第一了。这样，妈不跟你说了，把电话给你姥姥吧。"

我始终没有和我妈说过，那学起来越来越困难的数学，让曾经那个排在成绩单最前端的李晓唐，被各路千军万马挤到了独木桥的最边上，摇摇欲坠。

回到房间里，我掏出手机，看着刚才吃饭时陆悠鸣发来的那条信息发呆，无论如何也想不通为什么他会跟我说一起去图书馆，又生怕只是好久不见才会有的寒暄。

我随手翻开了那本刚刚到手的数学练习册，却又忽然下定了决心，输入了一条"OK，那下周三正式放假时见"的信息。随后想了想，又把后面半句删掉，只回复了两个字母。深吸一口气，按了"发送"键。接着像扔一个炸弹那样把手机扔到了床上，然后胡乱翻开一章，用做题让自己平静下来。

就在我还没解出来一道二次函数填空题的时候，手机在床上振动了一下。我丢下笔滑开手机，我心心念念的少年在屏幕另一端说："那下周三下午两点半，图书馆第二自习室见。"

我倒在床上，播放了德彪西的钢琴曲《亚麻色头发的少女》，窗外的雪花还在飘着，我想到那个小学打雪仗时，故意把雪球塞进我脖子里看我弯着腰把雪抖出来的少年，如今似乎在以分秒为单位地生长，渐渐变成了十六岁的雪夜里那样生疏的模样。

下雪的夜晚格外安静，静得能听到自己的心跳，和着钢琴的声音一起融入空气，又吸进回忆里，变得面目全非。其实所有的亘古不变，都因为我们忽略了浑然不知的沧海桑田。

客厅里传来熟悉的旋律，我也跟着哼了起来，是一首很老的苏联歌曲，"喀秋莎站在那峻峭的岸上，歌声好像明媚的春光……"

从我记事起，我妈就一直在很冷的地方工作，不是莫斯科，就是札幌，总之传来的照片有一半都飘着雪花。姥姥从来没说过任何一句想念的话，然而电视上只要播苏联歌曲或是关于日本的新闻报道，姥姥一定会看完。我从来都不忍心和姥姥说，现在的俄罗斯不是他们印象中的样子，札幌也不是，除了同样属于北国的雪花。这首歌我一直都唱不好，总是记不住歌词，我自认没有学习这门语言的天赋,但我却深深喜欢这个叫喀秋莎的少女,没有那么多的花前月下,笛短箫长,只是静静地喜欢远方战场上的恋人。相比于现在的流行歌曲,多了不知多少洒脱。最重要的是,这是我妈第一次回国时教我的歌。这时我忽然想起,刚才忘记问札幌是不是也同样下着雪。

周一去学校拿到了成绩单,不出所料我又是语文和历史的第一名,然而被垂死挣扎在全班平均线之上的数学和物理拖了至少二十名的后腿,排在了成绩单的正中间。第一毫无疑问地属于林思达,彼时他正一边抖着成绩单一边回头和萧湘子说:

"我太粗心了,你看这化学式忘配平了,白送分的题答错了,不然肯定考得比现在好。"

萧湘子一边抄着黑板上的作业,一边有一搭没一搭地听林思达炫耀式的懊恼。

"哎,我看你这样,是不是嫌我话多啊。"林思达看萧湘子没搭理他,又不依不饶地问道。

萧湘子停下手里的笔眯着眼睛对他说:"这是一个送分题啊。"

高老师这时清了清嗓子说:"成绩单下来了,大家都好好看看,假期查漏补缺,记住你们是实验班。下学期就要考虑分班了,趁这个假期和父母好好商量商量,确定一下方向……"

萧湘子忽然停下笔,若有所思地看着前方。萧湘子果然是萧湘子,似乎全班除了林思达,谁说话她都会思考一下。

"晓唐,李晓唐。"

就在我和宋彬、赵维维一同打扫卫生的时候,忽然听到有人叫我,转过头去,穆沐穿着一件浅粉色的羽绒服站在教室的门口,手里提着一个大颜料箱,背后背着一块画板,脖子上挂着一副白色的毛绒耳罩。

"怎么了?"我把手里的扫帚靠在讲桌上。

"我一会儿要去学画,笔记你带了吗?"

我把一摞笔记本递给穆沐,穆沐笨拙地用另一只手接过了笔记,笑着对我说:"这下假期可有事儿干了。"

"有问题随时打电话。"我假装洒脱地摆了摆手,却不料被穆沐的一句"你跟陆悠鸣去图书馆吗?"打回了原形。

"我……我没想好呢。"我支吾着,眼神却出卖了自己。

"得了吧,记得打扮打扮啊。"穆沐一副过来人的样子。

"我们就学习而已。"我赶忙辩解道,穆沐却已经背着画板消失在了溢满冬日阳光的楼道尽头。

周三一早我就抢在闹钟之前醒了,喝了一杯热果珍就去洗澡,然后站在镜子前面试了三条牛仔裤和四件衬衫都不满意,吃了一袋奥利奥之后忽然发现,是绒裤阻碍了我作为一个高中女生仅存的美感。我看着窗外尚未完全融化的雪，想到了我姥姥总念叨的"下雪不冷化雪冷"，深吸一口气，把绒裤脱下来塞进了衣柜，换上了一条薄秋裤，瞬间觉得春天就这么来了。

中午吃完饭，我就穿着羽绒服坐在沙发上看上个月在学校旁边报刊亭买的一本《看电影（午夜场）》，一边盯着墙上的挂钟。大概一点四十，估摸我姥姥已经睡着了，就迅速跑回房间换上一件藏蓝色的衣恋大衣，蹑手蹑脚地出了家门。

当我到图书馆时，才刚刚两点十分，我在自习室的门口张望了一下，陆悠鸣还没来。我就去对面的卫生间整理了一下头发。我和穆沐一样，都是到腰的长发，只是穆沐的头发稍稍带点卷，我是细软的直发。穆沐总说头发软的人脾气好，其实我觉得自己不是脾气好，只是单纯的尿而已。冬天最让人心烦的事情莫过于打理这一头极其爱起静电的头发。我打开书包，掏出小梳子，沾了点水勉强让头发看起来不那么毛燥。接着推开门走进了自习室。

现在是寒假，图书馆的人没有那么多，我挑了最靠窗边的一张桌子，刚刚掏出文具盒，陆悠鸣就来了。

"来多长时间了？"陆悠鸣坐在我对面伏过身子压低声音问道，我仿佛能感觉到他卷挟来的深冬气息。

"我也是刚进来。"我说完这句话，赶忙趁脸还没红低下头从书包里翻找要做的习题。

"那天那练习册,你做了多少了?"陆悠鸣说着从他的黑色书包里掏出来了一本一样的练习册。

"我……我跳着做的。"我不想让他看到我满页涂改的痕迹,"我没从集合开始,我做的二次函数。"

"太好了,我也做的二次函数。"陆悠鸣一边哗啦啦地翻着那本明显笔迹比我多的练习册,一边问我,"你感觉难不难?"

"难!"我十分肯定地点点头。

"我看看你的。"陆悠鸣把我的那本转到他的方向,翻了几页之后对我说,"你看你这就是方法问题,做这个题你必须心里有图,像这样……"陆悠鸣停顿了一下,站起来拿着笔走到我旁边的位置坐下来,随手拉过一个草稿本画了两条数轴,我看着他修长的手指写出一连串熟悉而陌生的数字,画着一条条直线和曲线,阳光透过窗帘的缝隙落到他突出的骨节上,晃出明亮的光点,我忽然想到了小学手工课上他站在讲台上神气地教大家用三种方法折纸鹤的样子。

"还听着吗?"陆悠鸣用中性笔敲了敲我的脑门。

我回过神点了点头,不知什么时候,空白的纸已被填满了。

"那自己再做一遍吧。"他伸出手,揉了揉我费半天劲才梳好的头发。伸长手臂把自己的那本练习册拉了过来,在我旁边写起了题。

为了不再胡思乱想,我掏出了MP3,插上耳机,对照着陆悠鸣之前写下的步骤用红笔一一把错误改正了过来。做了一套选择填空题之后,我就翻到了后面对答案,我这个人对自己的正确率极其不自信,总是没办法完整地做完一套题再对答案,就像是脑子里有个闹钟一样,做完填空题必须对一下答案,不然抓心挠肝得一道计算题都写不下去。

就在这时,陆悠鸣轻轻摘下了我的耳机,塞到了自己的耳朵里,眼睛一秒钟都没从眼前的习题上离开过。我放下笔,趴在桌子上,看到他的睫毛在脸上投下的阴影和思考时微微蹙起的眉毛。耳机里传来的是周杰伦的歌:

"……院子落叶,跟我的思念厚厚一叠,几句是非也无法将我的热情冷却……"

你就这样,出现在我的诗的每一页。

就在我们几乎要把周杰伦所有专辑都听完的时候,他拍了拍正在做完形填空的我,指着外面,用口型说:"走吧。"

出了温暖而干燥的自习室,我这才体会到姥姥说的"下雪不冷化雪冷",不禁打了个哆嗦。

"大傻子。"陆悠鸣瞅了我的呢子大衣一眼,丢下这么一句话。

"你说谁傻子呢?"

"你啊，这什么天儿啊你穿成这样，你瞅瞅大街上有这么穿的人吗？"陆悠鸣说着就把围巾从脖子上扯下来，"自己戴上吧，本来就不会做题，别冻傻了。"

我接过围巾，脸被冻得微微发烫。

"骑车了吗？"

我摇摇头，穆沐特意嘱咐我，一定不能骑车子，这样就能一起走到车站，搞不好还能坐在后座上。但我忽略了一件事：陆悠鸣的自行车是个山地车，根本没有后座。不管怎么说，我也是个要脸面的人，总归不能坐在梁上像个猴儿一样。

陆悠鸣挠了挠头说："走吧，送你去车站。"

我们路过一家音像店，上面还贴着《不能说的秘密》的电影海报。陆悠鸣指着那张海报说：

"这个你看了吗？"

我点点头："看了，我买了DVD。"想了想又问道："你呢？"

"我去电影院看的。"

"夏天和陈晨去的。"陆悠鸣慌忙补充道。

"你说叶湘伦最后回去了吗？"我停住脚步看着那张海报上桂纶镁背靠在周杰伦身后，微微笑着。

"我觉得回去了。不过这电影我最喜欢的部分还是每次小雨穿越到现在都会使自己的人生轨迹产生变化，这样看来其实时间根本没有绝对的定义，如果有朝一日我们跑赢了光，就能对之前所有的错误进行修正，我和陈晨还讨论过，不过我们学的东西都太浅了，根本没法参透时间与空间的意义。"陆悠鸣自顾自地说完，又冲我笑了笑。

"你以后会选理科对不对？"我试探性地问道。

"当然，我想成为阿兰·图灵那样的人。"

"图灵？人工智能之父吗？"

"是啊。我觉得把冷冰冰的机器和能思考的物质联系在一起是十分有趣的学问，而这个世界的全部情感和奥秘，都是通过'0'和'1'这两个简单的数字传递出去的。只不过，图灵十五岁就写了相对论的研究报告——"陆悠鸣说着说着，眼睛里的光芒却暗淡了下来，"我现在连保持第一都做不到，更别说改变世界了。"

"可是你在我眼里是第一啊。"我脱口而出这句我心里一直想说却没有机会说的话。

陆悠鸣嘴角扯出一个微笑，摇了摇头说："我以前一直觉得你特别有目标，从你考育文立志要学文科开始，怎么说呢，就是那种不会被外界干扰，一直向着自己的方向努力。我反而太在意名次，刚开学第一次摸底考时，我们班同学都说'你肯定是第一'，我几乎是在惶恐之中，为了得第一而参加考试。期中那次，我只排到第十一名，这才第一次体会到第一的光环之下切实的压力。我还一度想过，如果不是第一名就好了，期待越少，压力也就越少。"

"我怎么有目标？我总是得过且过，爱走神，还搞不定数学。最多就是耍点小聪明。"我赶忙说道，人们总是会把自己的悲惨遭遇当成是对别人的安慰。

"我之前说过，上了高中就来育文找你的。"陆悠鸣说，"可是我还要上竞赛班，崇理又跟育文一样还有夜自习。"

"没关系的。"我赶忙摆摆手，却因为他还记得这件小事在心里偷偷打了好几个滚。

"话说回来，你怎么这么喜欢周杰伦啊，这一下午，听的几乎都是他的歌……"

就在这时车来了，我紧追两步上了公交车，坐到最后面，对窗外推着车子的少年挥了挥手，我始终没有和他说，我喜欢的那个歌手，和我一样有最好的外婆，一样的家庭背景，让我觉得即使是单亲也没什么大不了的，一样可以变成很了不起的人。最重要的是，他和你一样，是我努力追随，希望自己能够成为的样子。

part 7

如果
早点认识你就好了

✕

晚上回去之后,我就开始头晕,第二天醒来,整个人像是一个堵塞了的水龙头一样,果然还是高估了自己的耐寒能力,寒假的第一个星期,就这样昏昏沉沉地过去了。

等我病好起来的时候,已经到了小年,街上的人也渐渐多了起来,我看着柜子里陆悠鸣那条灰白相间的毛线围巾,发了一条信息:

"怎么还你围巾?"

没有回复,我套上羽绒服,和姥姥去买对联和福字,路过一个卖鞭炮的店,姥姥问我:"还要吗?"

我点点头:"当然了。"

我一直认为,烟火有一种神奇的魔力,能把想念升上天空,传递给需要被想念的人看。我还记得小时候我妈跟我说，想妈妈就看看照片，过年多放几个烟花，这样妈妈也能看见。虽然我知道，这基本上就和神枪手在八百里开外一枪打中鬼子一样的不靠谱，但还是执拗地相信，总会有人在这个时候独在异乡，烟火就是午夜时唯一的安慰。

我选了十个夜明珠，五盒烟火棒，还有其他一些能转圈或者飞起来的小玩意儿，回到家时，已经是晚饭时间了。我打开手机，还是没有回复，于是百无聊赖地从书包里翻出习题册，打算在吃饭之前再做几道选择题。这时从练习册里面掉出来一页没见过的对折的纸。

是崇理高一（1）班的成绩单。

我翻了翻才发现，那是陆悠鸣的练习册。我屏住呼吸，用手指在成绩单上从上往下划着，初中时候我总能轻易地看到最顶端的那个名字，然后飞快地记下每一个数字，在自己的成绩单上的每一栏标注一个正负差值。而现在的最顶端，是那个叫向斯年的男生，是一个我每天都能听到但十分陌生的名字。当我划到第六个的时候停住了手指，那是一串数理化生都近乎满分的数字。崇理果然吸引了所有向往理科世界的孩子，林思达的理科成绩，如果放在崇理，大概只能排到15名左右的位置。再向下三名，是陈晨。陈晨和陆悠鸣不同，没有高得出奇的分数，也没有短板，一切都处在一个很平均的水平，就像他的性格一样，安静而平稳，像东风公园的湖水，这样好的陈晨，我们本可以是最好的朋友的。

手机忽然响了,是陆悠鸣,我一紧张居然把电话挂了,又回拨过去,电话接通了,听到一个沙哑的声音说:"怎么把电话挂了?"

"刚才,刚才有事儿。"我嗫嚅着,偷偷瞄着镜子里的自己,紧张地把刘海抚平。

"哦,我之前一直在医院输液呢,没看见信息。过完年去图书馆再给我吧,不着急。"

"你怎么了?"我感觉世界上再也没有比自己更不会唠嗑的人了。

"那天太冷了,回家就感冒了,没当回事儿,昨天晚上发烧来着。"陆悠鸣一边咳嗽一边说,"不过你哥哥我这身体,一晚上就好,都小事儿。"

"哦对,那天的练习册拿混了。"我也哑着嗓子说。

"我刚才输液的时候才发现的,你说说你怎么什么都弄错啊。"

我忽然一紧张,开始不住地咳嗽了起来。

"哟,也感冒啦?我以为傻瓜不会感冒呢。不过也是,你穿成那样能不生病么,你们这些女生啊,真不知道每天心里想什么呢。"

"行了行了,打电话就知道损我,好好养病吧,过完年见。"我一边喝水一边说,在挂电话之前赶紧补充一句:

"别偷看我练习册。"

挂了电话,我忽然觉得这场病生得真是太值了。

寒假的最后一段时间,我是在市图书馆的自习室度过的,陆悠鸣嘲笑我乱七八糟的解题思路,之后还会给我写上步骤,我看着他一点点从熟悉到陌生,再一点点熟悉起来,就好像在我的人生轨迹上又画了一条渐近线。陈晨有时候也来,我们小心翼翼地聊着近况,生怕突然的熟络会使我们再度陷入之前的尴尬。

新学期的第一天,我又再度踩着上课铃进了班,高老师冲着我挥了挥手,我拿着"迟到奖状"就要去罚站,没想到他居然说:"第一天不用了。"示意我赶紧回座位上坐好。

我溜到座位上,冲萧湘子吐了吐舌头。

高老师继续说:"新学期,咱们班来了一位新同学,自己介绍一下吧。"

我一边整理课桌,一边抬头看新同学,高高瘦瘦的,戴着一副眼镜,一脸书卷气。他转过身,在黑板上写了三个字:蒋正则。是很好看的正楷,配这个名字,也配这个人。

"大家好,我叫蒋正则,正则就是《离骚》里'名余曰正则兮,字余曰灵均'的那个'正则'。我的兴趣爱好是话剧,还请大家多多帮助。"说完就在一片掌声之中走到了第三排宋彬旁边空着的那个位置。

"哎,你跟晓唐一样,她也喜欢戏剧,你俩多交流交流。"宋彬一点都不见外,指着我的方向说。忽然被点到名字,我有些慌张地抬起头,和新同学打了招呼。

新学期的课程依旧是两个极端,永远没有头绪的数学,和时刻都能让人灵感迸发的语文。就在历史课讲到抗日民族统一战线的时候,第一次月考的成绩出来了。一个假期的补习还算有成效,名次上升的同时,数学成绩也比期末好了一点。然而九门功课,不知为何,我只有八张考卷。

"萧湘子你看见我的语文卷了吗?"我一边哗啦哗啦地翻着卷子一边问道。

萧湘子摇摇头。这时我听见人群中也有一个声音说:"我的语文卷也没发下来。"

我抬起头,是蒋正则。他冲我耸耸肩,然后说:"下节语文课之后问问张老师吧。"

就在这时上课铃响了,张老师进了班说:"这节课咱们不讲卷子,继续讲课。大家翻到《师说》。"

蒋正则回头看了我一眼,我不放心地掏出成绩单看了看,我是128分年级第二,他是126分年级第四,中等偏上的分数,并没有什么太过离奇的地方。

临下课时老师说:"这次语文考试,咱们年级给了两个满分作文,李晓唐和蒋正则,卷子被其他班的老师拿走了,到时候拿回来大家好好读一读。"

这次的考试题目十分老套,是如何理解墨子的"言不信者,行不果"这句话。看到题目的一瞬间,我就没了兴趣,只好中规中矩地写了一篇应试作文,至于为什么是满分,大概实在是太像一篇老师想看的作文。

"李晓唐,有人找。"

我跑出去一看,穆沐手里提着一个袋子,里面装着我上学期的笔记,还有一本硬壳的新书,还没打开封套。

"送你的书,满分少女。"穆沐看上去比自己得了满分还开心,"我们班都传遍了,写得太好了,我感觉高考的时候要能来这么一篇可就彻底不用愁了。"

我拿出那本书看了一眼,是毛姆的《月亮和六便士》,傅惟慈翻译的那版,不禁眼前一亮:"哎,你怎么知道我喜欢毛姆的。"

"这我还真不知道,只是因为高更,我才读了这本书,之后就觉得这么好的书,一定要让你看一看,你可别说你已经看过了啊。"穆沐一边说一边向我们班教室张望着,"蒋正则是哪个啊?以前没听你提过。听我后面的女生说,长得可帅了,没想到还是大才子啊。"

我随手一指,"宋彬旁边那个。"

"还行,没有小年年帅。"

"你可拉倒吧。"我推了穆沐一把,"晚上一起吃饭。"

"今天不行,小年年要来。"穆沐对着消防栓上面的那块金属板整理着头发。

说真的,有些时候我真的很佩服这两个人,一个为了另一个学自己从来没认真看过的化学和物理,另一个冒着迟到的风险穿过大半个城市来只为了一起吃一顿晚饭。我却只是歌里面唱的那位喀秋莎,独自一个人站在习题堆成的山岗上,任凭暗恋的男孩子去和各路物理化学的妖魔鬼怪厮杀,踏过崇理成绩单上的千军万马。

"晓唐,老高叫咱俩大课间去办公室。"刚回到教室,蒋正则就这么和我说。

"我化学考得还行啊。"这到底卖的什么药,我百思不得其解地回到座位上。大课间的时候惴惴不安地推开了高老师办公室的门。

"哟,来啦。"高老师一改往日的严肃,亲切得像邻居老大爷,"今天找你们来,就是布置一下这个全市高中生艺术节的事情,你们两个负责一下,都是文艺骨干,听说还都写出了满分作文,咱们尽量在不占用太多时间的情况下把这个事情办好。"

我满口答应了下来,只要不是因为偏科挨骂,怎么都行。

出了办公室,蒋正则追上我说:"你对这次艺术节怎么看。"

"目前还没想法。"我摇摇头,在这个以成绩单为最高指示的班里,任何与学习无关的事情都是纸老虎。

"我觉得大合唱什么的太没意思,还要号召全班排练,还有服装、伴奏这些问题。"蒋正则说。

我看着他,忽然灵感来了,就没头没脑地接了一句,"你知不知道三十年前在无锡有一家姓梅的。"

蒋正则回过头笑了,"如果早点认识你就好了。这是我最喜欢的一出戏。"

晚自习之后,我和蒋正则就开始拟定演员表。《雷雨》这出戏,人物不多,布景又可以让全班参与进来,大家又听说这是高二会学到的课文,就都接受了。萧湘子在我的软磨硬泡之下演了四凤,一向只关心化学竞赛的林思达也自告奋勇演了周冲,这让我们都觉得十分意外。只是选来选去,没一个人适合演周朴园,我和蒋正则就这样犯了难。这时赵维维忽然神秘兮兮地叫住我说:"晓唐,我知道谁合适了。"

"谁啊?"我压低声音问道。

"林老师。"

"哇,大姐,你开什么玩笑。"

"我觉得可以试试。"蒋正则插了进来,"林老师平时跟咱班同学多好啊。而且他自己都说了喜欢校园活动,要不试试?"

"对啊晓唐,咱们一起去问问林老师吧。"

话还没说完,我和蒋正则就被赵维维拉着来到了林老师的办公室,现在是休息时间,办公室里传出20世纪90年代小虎队的歌,还有林老师的跟唱声,我冲着他俩眨了眨眼睛,敲了敲门,蒋正则喊了句"报告"。音乐声戛然而止,就听见林老师说:"进来吧。"

"来问题啊?"林老师转着手里的圆珠笔说,看上去就像是邻居家上大学的哥哥一样。

"老师我们想请您帮个忙。"赵维维抢在前面说。

"什么忙啊?"林老师说,"都别站着,找个椅子坐。"

我们每人拉过一把椅子坐下,蒋正则说:"老师我们想请您跟我们一起演《雷雨》。"

"演话剧啊。"林老师笑了,"说说看,想让我演谁啊。"

"周朴园。"我老老实实地说。

"我在你们眼里这么大岁数啊。"林老师惊讶地说,"我还以为我肯定是演周冲呢。"

"没有没有,我们就是觉得您演技好。"赵维维赶忙说。

"哈哈,我开玩笑的。"林老师说,"我当年读大学时参加话剧社,就演过《雷雨》,特别喜欢,只不过当年我演的是周冲。但跟你们在一起,我可就是老前辈啦。"林老师若有所思地看了看桌子上的一张照片。

"那老师您答应了?"

"答应了,不过你们可要好好学习,千万别把成绩耽误了,马上就要分文理了。"

有了林老师参与,一切似乎都顺利了很多。赵维维演繁漪,宋彬自告奋勇地演了鲁大海,四凤和周冲则交给了萧湘子和林思达来演。

"我也想演一个角色,我觉得这个角色很矛盾,又很复杂。懂爱,又不懂爱。"蒋正则对我说。

"周萍?"我歪着头想了一下。

"太对了。"

"好啊,反正现在还空着。"我欣然把蒋正则的名字填了上去。

排练定在了每周三的地理晚自习结束之后,排了三四次之后,每个人也对自己的角色熟悉了起来。五一长假之后,萧湘子从话剧团工作的小姑那里借来了服装还有一些关键道具,带妆排练之后大家更有信心了。

"你说咱们如果演好了,是不是就能代表学校去市里演出了啊。"萧湘子一边对着镜子编麻花辫一边说。

"是啊,到时候一中、三中还有崇理都来。"林思达一边说,一边把网球拍立在地上转着,"说到崇理,哎,晓唐,我那天在市图书馆看到你跟陆悠鸣来着,我俩一个班上竞赛课。"

"陆悠鸣不是那个中考第一的人吗?"萧湘子眼睛一亮说,"晓唐你果然厉害啊,上届和这届的第一你都认识。"

"这有什么用,我又不是第一。"我苦着一张脸说。刚刚结束的数学测验,我又以惨败告终。

"陆悠鸣现在可不是第一了。"林思达一本正经地和萧湘子说,"这几次模拟,他发挥都挺不稳定的。我听他们学校同学说,他可能不打算学理了……"

后面的话我一个字都没听进去,我依稀记得我们第一次去图书馆的时候,那个对时间和空间有着无限向往,把阿兰·图灵视作偶像,眼睛里充满自信,神采飞扬的少年。如今却在别人的眼里,变成了另一个模样,而这一切,他从未和我提起过。我不禁失落起来。自从期中考试之后,我们再也没有见过面,陈晨说陆悠鸣要复习准备竞赛,没有时间来图书馆自习了。

"那你怎么不去?"我问陈晨。

"我不想冒险,我就想高考时好好发挥。"陈晨轻描淡写地说,"自主招生是个未知数。"

不知是有林老师友情出演学校给了个面子,还是大家确实演得像那么回事儿,我们居然通过了学校选拔,准备参加六月份的市艺术节。

艺术节在周日,周六照常上课,萧湘子却没来。就在我觉得奇怪的时候,宋彬急匆匆地说:"晓唐,萧湘子妈妈刚才打电话来,说萧湘子得了肠胃炎,明天没法参加演出了。"

"这可怎么办啊。"我一边担心着我的同桌,一边为明天的演出犯愁。

"要不晓唐。"蒋正则说,"就你来演吧,这戏你也熟。"

"我可不行。"我摆摆手,"我怯场。"

"那其他人也没办法一个晚上把台词背下来啊。李导,我的大导演啊,你就上吧。"宋彬眼见着就要跪在地上了。

"我……我真的不行。"

"想想咱付出这么多了,自习时间也搭上了,我连化学竞赛辅导都没去,还有林老师办公的时间,不能白白浪费了啊。"林思达说。

"好好好,我演就我演吧。"在一群人的言语攻势下,我只好硬着头皮答应了下来。

放学之后我就拉着穆沐去我家一起练台词,穆沐一边和我对着台词一边画着画。

"跪下,萍儿!不要以为自己是在做梦,这是你的生母。"

"妈,这不会是真的。"我干巴巴地像背课文似的说。

"亏得你还是要做编剧的人,人家曹禺先生写了,昏乱地,你得这样——"穆沐把两条辫子揉乱,忽地跪在地上大喊一声,"这不会是真的!"

然后站起来一本正经地跟我说:"'梅斯布',懂不懂？不能光会写，你得入戏。"

我点点头，笑着说："懂，太懂了。要不你替我演去吧。"

"那可不行，我又不是你们班人，你没见我每次去找你，你们班的人都那样的。"穆沐拿着水彩笔开始上色。

"不过话说回来，晓唐你觉得周冲喜欢四凤吗？"

"说不好，我觉得是喜欢，但也只是喜欢了。"

"你是说没有爱？"

"我觉得这不算是爱。"我想了想说，"我觉得周冲，周萍和周朴园，其实是一个人的三个阶段，换句话说，其实他们都是同一个人。"

"那你说，向斯年会是周冲吗？"穆沐忽然停住了笔。

"这怎么讲？"

"期中考试之前我去他们学校那边，他爸看见了。当时什么都没说，但是从那之后，我们就很少见面了，他说他妈给他报了补习班。"

"这么一说，我也挺长时间没见过陆悠鸣了，不过明天就演出了啊，他们肯定也去，没事儿的。"

"也对。"穆沐把画板转过来给我看，不是在画室我看她画了无数遍的人物头像或者是静物写生，是一张少女的漫画像，画上的女孩儿梳着麻花辫，穿着斜襟盘扣的白上衣，一只手抚着耳际的碎发，下面写着"致最好的演员"。

"这么快啊。"我不禁赞叹道。

"每天在画室画那么多，没几张能留下来的，这个送给你咯。"穆沐一边收拾着画具一边说。

"穆沐，你一定能考上美院的，最好的那个。"

"明天好好演，我是要拍照的啊。"穆沐临走之前说。

送走穆沐之后我从书架上拿出穆沐送给我的画，画上的少女，从第一次羞涩地坐在画室中的阳光里，到升旗仪式演讲穿着宽大的校服，衣服被风吹得变了形，再到推着自行车站在校门口，雪花沾染了肩头和发尾，这一沓水粉纸记录了连自己都不曾察觉的记忆与成长，我的十六岁，就这样被定格在了画纸上。

第二天早上六点钟我就醒了，具体说来是被宋彬的电话吵醒的，他生怕大家睡过头，五点半就起来给大家挨个儿打电话。我和蒋正则的计划是，早上去学校排练一遍，中午休息，下午化装。艺术节晚会是六点钟开始，我们是第三个节目，时间很充裕。

下午化装的时候宋彬说："要我说，咱换了衣服再去吧，我前天不放心去大剧院看了一眼，换衣间太小了，加上别的学校，根本挤不下这么多人。"

"那咱不就提前剧透了？"赵维维说。

"门口的大牌子早就挂出来了，倒也巧了，崇理也是高一（1）班，不过是合唱，感觉没啥意思。"宋彬说。

"那就听宋彬的吧。"林老师早就穿好长衫,拿着烟斗在一旁说,"直接化完装咱就坐车去。"看得出来,林老师对这次演出期待已久了,还拿嘴吹着刚粘好的小胡子。

大概四点半的时候我们出了学校,准备打车去大剧院,不知道是中了哪门子的邪,二十几分钟过去了一辆空车都没有。我开始着急了起来,揪了揪蒋正则说:"怎么办啊?"

"要不,咱坐公交车去吧。"宋彬提议道。

"宋彬你没事儿吧,穿这样坐公交。"赵维维白了宋彬一眼。

"时间不早了。"林老师看了看表说,"如果打不上出租车,那咱们就只好坐公交了。"

正说着话,公交车就来了,我们一群人就穿着年代感十足的衣服跑上了公交车,迎接车上乘客各种各样奇奇怪怪的眼神,一个不小心,集体笑出了声。

演出之前的时间总是过得特别快,这时我才感到一种切实的紧张,台词就像是被装进了一个漏斗,一点一点全从我的脑袋里漏了出去。

"蒋正则,你带剧本了吗?"我在后台悄声说。

"没有啊。"蒋正则一边核对着道具一边说,"你不会是忘词了吧?"我点点头。

"一点都不记得了?"

"我明明昨天背好的,一紧张就都忘了。"我哭丧着脸说。

"忘词啦?这好说啊。"一直背对着我们安装道具的同学回头说道,我眼前一亮,是程云皓。

"我搬道具之后就在门后面站着,你想不起来就往门那边走。我提醒你。"程云皓一副胸有成竹的样子。

"学长你怎么来了?"

"学生会文体部都来帮忙了,主持也是咱们学校的。"程云皓把幕布的边掀开,"文艺部的。"

我顺着舞台边上的那个缝隙看过去,运动会时在广播站的长发姐姐站在台上,穿着一件抹胸式的湖蓝色晚礼服,神色自若地介绍着台下的嘉宾。我叹了口气,看了看自己身上的那件斜襟府绸褂子,心想如果我能像学姐一样厉害就好了。

"育文的同学来了吗?下一个就是你们了啊,做好准备。"团委的老师在后台说道。

我紧张地揪了一下蒋正则的袖子,他拍了拍我的肩说:"没事儿,都会好的。而且——"他停顿了一下说:"这是借来的衣服,别揪坏了。"

我看着他一本正经的脸笑出了声。

"好了,上场吧。"蒋正则捏了捏我的手,指尖冰凉而又修长,让人莫名觉得安心。

我们每个人站在台上找好了自己的位置，我看到躲在门后的程云皓冲我眨了眨眼，用口型对我说着"加油"，我点点头。这时幕布拉开，在舞台上，掌声显得格外响亮。我背对着观众，拿着一把旧蒲扇扇着药炉，为了显得像那么回事儿，我们还从化学老师那里弄来了干冰装到药炉里，制造出一团团白色的烟雾。

"四凤。"演我老爸鲁贵的同学一边擦着从高老师那里借来的老式黄皮鞋一边说，"四凤！"

我按照剧本说的那样转过身，舞台前面的灯光打到我的身上，晃得人睁不开眼。隐隐能听到台下有同学在鼓掌，在说话，然而我却什么都看不清楚。这时我忽然明白了，舞台上光芒耀眼的人，是永远无法看清台下仰望着自己的人的，而这件事，只有自己变得耀眼的时候才能知道。

"四凤！""老爸"看我没有说话，又高声说了一句。

我这才反应过来，走到柜子旁，拿了一把芭蕉扇一边扇着，一边说："真热。"

舞台上的灯光似乎有一种特殊的魔力，我不再感到紧张，一切都顺理成章地进行着，在和蒋正则的那场戏里，甚至流下了泪水，就连我自己都不知道这泪水究竟是为四凤那造化弄人的命运，还是为我百般努力的徒劳。

谢幕之后，我捧着同学送的花向外面走去，后台人多加上之前的紧张，搞得我几乎喘不过气来。这时就看到陆悠鸣一个人站在门口，穿着白衬衫和牛仔裤，三中的歌曲联唱之后就是他们的节目。雨天的夜晚很是安静，我们就这样站在门前，看着路灯把雨水分割成不同的形状，最美的还是下雨天。

"晓唐，你演得真好。"

不知为何我竟然没有脸红，而是微笑着说了声谢谢。

"有个事我一直想和你说。"陆悠鸣用手摆弄着袖口的扣子，程云皓抬着背景板出去的时候看了我俩一眼，我却把注意力全都放在了陆悠鸣的身上，丝毫没去回应他的鬼脸。"我想转学到你们学校，学文科，我看了一下成绩，我觉得学文科可能更容易一点，搞不好我们还能一个班。"

"为什么呢？"这明明是我从中学起最期待的事情，此刻却没有任何开心的情绪。

"我也不知道为什么，理科竞争太激烈了，我这一年只得过一次月考的第一。"陆悠鸣犹豫着，说出了最后一句。我第一次见到这个我差不多认识了十年的男孩子耳朵变成了红色。

"那你的图灵呢？你和我说过的'0'和'1'的世界呢？"我越说越伤心，就好像被打碎的是我自己的梦想一样，"是不是第一又能怎么样呢，难道不是第一就要放弃吗？"我流下眼泪，我那永远坚不可摧的少年啊，就这样一个人在分数的最顶端单打独斗，最终击垮他的却是第一名的光环和自尊，在十六岁理想的边上，连同我那尚未明了的恋情，一起颓败得溃不成军。

"我是打心眼里认为，你应该留在崇理，第一也好，第十也罢，去学自己喜欢的东西，而不是在另一个学科里做一个一辈子后悔的第一名。"我忽然想到程云霄在操场上对我说的话，也仿佛能看到自己在一步步把他推到和我相反的轨道上，渐行渐远。

"晓唐，你把我弄糊涂了。"陆悠鸣看我忽然哭了，也不知所措起来，"我以为你会很高兴地接受，而且我一直觉得，你很好，如果早点认识你就好了，比小学再早一点。"

"我也一直觉得你……很好。"我哽咽着，始终无法说出那两个字，只能用"很好"来代替，"要加油啊，在崇理。"我艰难地说出了最后三个字并扯出一个微笑，隐约听到舞台上那首熟悉的歌：

"为你翘课的那一天，花落的那一天。教室的那一间，我怎么看不见。消失的下雨天，我好想再淋一遍……"

这时跑过来两个男生叫陆悠鸣做准备，我擦了擦眼泪对他说："要加油啊。"

"你也是。"他抚去我脸上的泪水，消失在了后台的人群中，我看着他，心里又高兴又难过，我就这样把终于接近我的少年推回了他自己的轨道与天空。

我忽然想起了穆沐，我需要她来分担我的失落与难过，当打通电话的那一刻，我看到她撑着伞向我走来，红肿着眼睛对我说："晓唐，他说他爸觉得我是学画画的，成绩不好，怕带坏了他。"

我心疼地看着她，陪着她哭了起来。雨下得越来越大，一点点洗刷掉了我的惶恐与失落，我们撑着一把伞，走在剧院外面的小路上，看着影子一遍又一遍地缩短又拉长，雨伞隔开的，是两个不一样的世界。

"晓唐，你说你为什么喜欢他。"穆沐一边哭一边说。

"我小学时候的班主任特别不好，总是因为我爸妈不在身边就欺负我，即使我是前三名。"我一边擦着眼泪一边说，"有一次班里丢了一盒彩笔，她就非说是我拿的，还把我的书包扔到了外面，其他同学都不跟我玩，也不跟我说话，只有陆悠鸣一个人把我的书包拿了回来。当时我就觉得，世界上怎么有这么好的人啊。"我回忆着小时候的事情，一点都不觉得难堪，只是觉得遇到这么好的人，能融化全部的伤心与冷漠。

"我到现在都不明白，你喜欢了这么久，为什么拒绝他了。"

"因为舞台上的人，是永远看不到暗处的观众的。不论是我，还是他，都应该是舞台上那个发着光的人啊。"

可是穆沐，我已经这样想了，为什么还会这样难过。

part 8

如果
班主任是吴老师就好了

×

我一直认为，地球不是匀速转动的。

如果是的话，为什么快乐的时间总是很短，而悲伤却会被无限制地拉长？

时间总是在和每一个人开着不大不小的玩笑，既是快乐的人总是津津乐道的白驹过隙，也是失落的人念念不忘的度日如年。

当我明白这个道理的时候，学期末的一张分科志愿表把我们所有人都推到了理想的边上。

"晓唐，你选文科是吧？"体育课跑圈的时候，蒋正则问道。

"是啊，你……你呢？"我气喘吁吁地说，体育课上我永远是拖后腿的那一个。艺术节之后，我和蒋正则在曹禺先生的熏陶下，积攒了深厚的"革命友谊"，为了聊天他不惜和我一起拖全班的后腿。"我也是，又是同学啦。"蒋正则几乎是在边走边说。

"我觉得，咱们班，至少要走一多半。"

"嗯，宋彬也报了文科，还有赵维维……"

"后面那俩不许闲聊，再跑一圈！"体育老师忽然一边吹哨一边大喊。

"走吧，踩铃'格格'，再唠四百米的。"说完拉着我，忽地一下子从体育老师身边跑过去，留下老师站在跑道上一脸茫然。

"我说，艺术节演出完你去哪了？打电话也不接，你是没看见师大附中的那个纯人声合唱，堪称完美。我跟你说，不看你可亏了。"

我假装没听见，继续呼哧带喘地挣扎在育文的塑胶跑道上。那天晚上我和穆沐打车回去的时候，两个人眼睛肿得跟桃一样，司机师傅见我穿着演出服还跟我说："姑娘你这演技，大剧院都欠你一个金鸡百花奖。"

"你说文科班是不是全是女生啊？"蒋正则问我。

"那可不，你看上一届的文科班，就五个男生。"

"那可太没意思了。"蒋正则一边倒着跑一边跟我说，"全是小丫头片子。"

"你可算了吧，不知道你心里怎么美呢。"我白了他一眼,"自从你转来咱班,班门口的客流量都大了,你没见把人家李萌烦得,就差跟老高申请不坐在门口了。"

这时我看到高老师从楼里出来,和另外几个班的老师向教学楼走去,忽然有了一种前所未有的亲切。

"你说,分班之后我们的班主任会是谁呢?"

"这我可不知道,不过我觉得是谁无所谓,学习这种事关键靠自己。"

"只要不是数学老师,是谁都可以啊。"我吐了吐舌头,在体育老师再度发飙之前站到了队伍里。

"分科志愿表周五晚自习前交到我这里,这几天大家好好想想,也和你们的父母商量商量。当然最重要的是参考这一年来的文理科排序,希望大家都不要后悔。好了,下课吧。"高老师一边说,宋彬一边把分科志愿表发到了我们的手里。拿到志愿表的第一时间,我就在文科那一栏上画了一个大大的对钩,顿时觉得神清气爽,就好像是今天的物理作业都不用再做了一样。

萧湘子看着我那个对钩叹了口气,说:"晓唐,我真羡慕你,你好像永远知道自己想要什么。"

"你不是也要选文科吗?"我一边说一边对着数学题的答案,准确来说,是重新抄了一遍正确答案。

似乎发了分科志愿表就标志着抢人大战拉开了序幕,

各科老师使出浑身解数来鼓励大家加入自己所在的阵营，我甚至有预感，如果能把这场文理分科大战拍成一个电视节目，绝对收视率会创新高，看着他们讲当年自己选择文理科的经历，感觉每个老师都是一出戏。

"我当年之所以选择地理啊，就是因为假期实习可以到处出去玩。"林老师一边展示着高超的徒手画地球技能一边说。

"可是地理考大学是理科啊。"赵维维在下面说。

林老师一时语塞，匆匆总结道："总之欢迎大家选文科，毕竟文科是育文的强项。"

相比之下，政治老师的演说就显得有理有据了许多。她的观点是，学好文科，将来参加公务员考试的时候申论可就占了大便宜了。听上去只有学文科，仕途才能是一条康庄大道。

我始终都觉得，文理分科是一件又轻松又沉重的事情，毕竟没有任何人能在十六七岁的年纪就预见到未来的几十年里会做着什么样的工作，会不会放弃少年时代的初心，会成为一个什么样的人。可是对我而言，是一件再轻松不过的事情，暑假之后，我就可以和一群有着相同理想的人一起奋斗，成为闪闪发亮的自己。这条路，我坚定得义无反顾。

穆沐和我一样，选择了文科的时候长出了一口气，之后跟我说："我再也不用假装对那些分子离子感兴趣了。"

似乎这道只有两个选项的单项选择题加速了地球的运转，我看着萧湘子从文科改成了理科，又从理科改成了文科，周五下午自习课上，竟有了一丝离别的气息。

坦白说，萧湘子的文科排序比理科高，加上她数学成绩又不错，在文科班会很占优势。而且在入学时她就和我说想学文科，这让我越来越看不懂她的犹豫。

"哎，林思达，你到了理科班可就是第一了啊。"宋彬挨个座位收志愿表，顺便看看每个人的选择。

林思达居然什么都没说，把表格递给宋彬之后就一直在草稿本上写写画画的，就像是我身旁那个把志愿表堵得严严实实的少女一样，一副心事重重的样子。

"下学期搞不好又是同学了。"宋彬看了我的志愿表，郑重其事地拍了拍我的肩，然后接过萧湘子的表格。

"那你最后报的哪个呢？"我问萧湘子。

"和你一样。"萧湘子把头埋在臂弯里，看不到任何情绪。

"下个学期开始，我们就都到新班级了。"宋彬站在讲台上说，"我知道，咱班同学都爱学习，不太喜欢说话，也不喜欢课外活动。但是我觉得能到一个班来，不仅仅是分数，"他顿了顿，"更重要的是梦想和缘分。不管以后是不是一个班，是文科还是理科，我希望咱班的每一个人都能考上好大学。"宋彬说完，摘下眼镜擦了擦。

"所以我提议,大家都和自己的同桌,还有前后排的同学互相拥抱一下,珍惜最后这一点时光。"说完宋彬就下了讲台,给了坐在他前面的男生一个大大咧咧的拥抱。

我回过头去,正要满怀希望地拥抱萧湘子,期待着在下学期的班级里再见到她,却发现她不知什么时候开始小声哭了起来。

"萧湘子你……不想学文吗?"我赶忙从书包侧兜里掏出纸巾。

"萧湘子,你听见班长说的了,我这人重感情,大半个班我都拥抱了,咱们这前后桌可得拥抱一下。"一直没说话的林思达转过身对萧湘子说。

这下萧湘子哭得更厉害了。

"哎哟,这把你吓得,还哭啦?"林思达伸出手想摸一下萧湘子的头,却僵硬地停在了空中。

"我可没啊,你别瞎说。"萧湘子借口去卫生间低着头站起来,不让我们看到她的表情。林思达却突然把她环在了臂弯里,对着萧湘子说了些什么。我忽然理解了视化学如生命的林思达为什么翘了艺术节之前的补习,一贯内向的萧湘子为什么主动提出要参加话剧演出。对于我而言,分科不过是换一个教室去努力读懂向量和函数,而对于有的人来说,分科却是分出了整整两年的想念。

"晓唐,轮到咱俩了。"林思达放开萧湘子之后抓着后脑勺尴尬地冲我笑笑。

我抬头看着这个高个子男生,为了拥抱那一个人而不被看穿,拥抱了几乎大半个班。

"哎,我心领了啊,咱俩这身高差可就免了吧。"我赶忙摆手。

"好了好了,马上下课了。"宋彬点了点数,最后又确认了一遍,"没人要改我就送到高老师那里了。"

"等一下。"萧湘子忽然向讲台上跑了过去,翻出自己的那张表,用橡皮擦掉了本来的选项,之后拿中性笔在上面画了一下。

"你想好了吗?"我不禁大声问道,"哪个更重要。"

"放心吧,这次想好了。"萧湘子含着眼泪对林思达笑了笑,理想还是落了单。

"陈晨,你选了理科对不对。"

八月最后的一个星期,我在图书馆借书处见到了陈晨,我们互相看了看对方借的书,陈晨借了一本阿西莫夫的《神们自己》,他和陆悠鸣一直喜欢科幻小说,我还记得小学"非典"假期时,他俩说要造一个热气球,像福格先生那样环游世界。

"嗯。"陈晨看了一眼我手里的那本《莎乐美》,"你肯定是文科。"

我点点头，把最想问的话咽了下去。大概是不在一个学校了的原因，我和陈晨渐渐地从那种无谓的尴尬之中走了出来，话也多了起来。

办完借书手续之后，我正要离开，陈晨对我说：

"谢谢你。"

我一脸不解地看着他。

陈晨把书包甩到肩上，"我以前觉得他选择学文科挺好，但现在想来，不能跟陆悠鸣竞争，那这学上得就太没意思了。"

所以说，是不是我们每个人都曾经因为自尊心，和自己打过一场不大不小的架呢？

开学第一天早上，果不其然我又迟到了，等我昏头昏脑地走到被围得水泄不通的名单公布栏那里时，蒋正则刚从人群中钻了出来。

"太好了，咱们都是7班。"蒋正则气喘吁吁地说，好像参加了索姆河战役归来一样。

我估摸了一下自己的战斗力，觉得不足以和这一大群人抗衡，索性名单都不看了，拉着蒋正则说："走，到教室去。"

"咱班班主任是谁啊？"我们一边上楼一边说。

"你猜。"蒋正则神秘兮兮地说。

"我猜孟老师。"

"为什么啊。"

"因为孟老师教数学啊,数学多重要啊!"我始终忘不了这门几乎要把我折磨致死的课程。

"那你可要失望了。"蒋正则说,"咱班班主任是林立。"

"啊?"我想了想自己之前的整体排名,又想了想蒋正则的排名,怎么都不对,"咱俩是在实验班么?"

"那当然了,8班是吴老师,教英语的,据说是老教师了。"蒋正则和我进了高二(7)班的教室。此时教室里已经有了不少同学,我数了一下,一半都是熟面孔,完全没有新班级的陌生感。

我和蒋正则在最后排的两个位置坐下,掏出在校门口买的鱼香肉丝馅饼吃了起来。

"你知道吗?刚才看名单的时候,一半多8班的人都在说幸好没分到7班。咱们班的……"蒋正则指了指最前面靠窗的几个女生,"都说要转到8班去呢。"

我翻了个白眼,转到八班搞不好也是林立教地理。

"说真的,林立才刚毕业没多久就带实验班,压力一定不小。"我全然不顾什么新老教师高考经验云云。

"我觉得最大的压力不是教课,是怎么堵住这些学生和家长的嘴吧。"宋彬拉过一把椅子加入了对话,果然和他预料的一样,我有幸和大班长再度同窗。

"啧啧啧,这么多女生真好啊。"宋彬看着教室一点点被填满，满足地说。

"猥琐！"我不屑地吐了吐舌头。

"又不是就我一个人这么想啊，你问问蒋正则。"宋彬狡辩。

"我没兴趣。"蒋正则一边说一边翻开了我从图书馆借来的那本《莎乐美》，宋彬看见了几个熟人赶忙跑过去打招呼。

"晓唐，你说波西是在什么心情之下翻译了《莎乐美》呢？"宋彬走远后，蒋正则看着莎乐美与约翰的插画问道。

"什么？"我正在低头给陆悠鸣发信息，和他说分班的事情，完全没听到蒋正则说了什么。

"没什么。"蒋正则合上书，"我是说我也喜欢王尔德。"

"好了好了，先找地方坐。"林立拿着一张名单风风火火地走进教室，我觉得他的耐克 AIR FORCE 1（空军1号）球鞋里一定安了弹簧，"我看看人都到齐了没。"

说着就开始点名，五十个人里至少有四十个是认识或者听过名字的，剩下的应该是从普通班考上来的，但这都不重要。

"……蒋正则……李萌……赵维维……萧湘子……"

我听到这个名字抬起了头，又和蒋正则对视一眼。上个学期末萧湘子听了林思达的话在最后改掉了自己的志愿，以至于我认为她一定去理科班和林思达当"神雕侠侣"去了。

"萧湘子？"林立又点了一次。

"来了来了。"萧湘子背着书包从后门跑了进来，一屁股坐在我前面那个空着的位置上，"老师，不好意思，我走错楼层了。"

林立笑了笑，手里的那份名单却一直在颤抖。我忽然发现，林立今天用发胶还是什么东西把头发抹下去了，以前他头发都是蓬起来的。听穆沐说，林立办公室还有个吹风机，没事儿就自己弄弄头发。"好了都到齐了，我先简单介绍一下我自己，我是咱们高二（7）班的班主任，我叫林立，教地理课，大家可以叫我林老师，或者立哥。哈哈。"

似乎这句话并没有点燃大家的笑点，只听见宋彬和赵维维配合着干笑了几声，反而更尴尬了。

"那个，咱们班是实验班大家也都知道。"我眼看着林立把手里的粉笔掰成了一截一截的，"学习习惯老师就不多说了，希望大家在新班级里学习进步，交到好朋友。可能你们有的人，是真心喜欢政史地，还有的人，是单纯因为学不好物理和化学。但这些都不重要，重要的是怎么把握好高中接下来的两年。我希望你们有什么困难都和我说，我就是咱们大家庭的家长。"

"立哥说得对！"宋彬带头鼓起掌来，全班用稀稀拉拉的掌声迎接了高二的第一天。

"我说萧湘子,你不是学理了吗?"趁着发书的时候,我赶忙问萧湘子。

"林思达劝我学文的啊。"萧湘子从前面递过来最后一本《典中点高二数学》。

"啊?他不是劝你学理吗?"我和蒋正则异口同声地说。

"没有啦。"萧湘子回过头趴在椅背上,眼睛亮亮的,"他说不要因为他就违背自己的意愿,再说了即便不在一个班也能见面啊。所以我就把理科改成文科了。"

"好啊你,居然骗我,我问你的时候你还说跟我一样。"我用力弹了萧湘子的脑门一下,心里却有说不出来的开心。

在1班的时候,班会总是在班主任讲两句之后就变成了自习课,到了林立这里,每周总是能有新花样。第一周选班干部,宋彬自告奋勇再次当上了班长,我和蒋正则一起当了语文课代表。第二周是模拟联合国,林老师自己担任秘书长。迟到了也不用再举着"迟到奖状"站在走廊里接受全年级目光的洗礼了,而是换成了一个月一次的"迟到同学歌友会"。

"丢人也要丢在自己班里啊。"林立理直气壮地跟我这个一周上课六天四天迟到两天踩铃的人说。

就好像是一粒石子打破了湖面的平静,从一个点散出一圈圈的涟漪,质疑的声音渐渐少了,林立得到了大多数人的肯定。就连张老师都在语文课上说："你们这个实验班，绝对是我带过的最活跃的实验班。"

我一直觉得，所谓的实验班，其实并不是这个班配备了多么好的老师，受到了多么多的关注，重点是丑小鸭之所以能变成天鹅，是因为它本来就是天鹅，和其他无关。就像是陆悠鸣分班之后又变成了理科班的第一名一样，和任何人的看法都无关，是因为他本就如此。

国庆长假结束后的第一个周六，我们开了分班之后的第一次家长会。

"晓唐，你说那个大叔是不是宋彬他爸？"蒋正则和我站在教室门口，看着来来往往的家长跟玩连连看似的找自己家的孩子。我俩闲得没事儿，数完语文卷子就站在门口猜到底谁是谁的家长。

"这我可看不出来。"我不停地拿起手机看我爸有没有打电话，我对我爸的"家事记忆力"有着极大的怀疑。

"你看啊。"蒋正则指着那个在讲台上夹着一个黑皮包，跟林立谈笑风生的中年大叔说，"这叔叔举手投足透露出一股领导气息，跟林立说话谦虚而不失身份，宋彬从小就一直当班长，虽然成绩一般般，但贵在会来事儿。一定是在这样的家庭教育中熏陶出来的。"

话没说完，就看见宋彬抱着一沓成绩单跑了过去，领导气质的大叔拍了拍宋彬的后背，一副"老子英雄儿好汉"的和乐画面。

"哎哟，你《名侦探柯南》没白看啊。"

"那可不，我可是看着高木警官一步步追到佐藤的……"

"哎呀，这不是小蒋同学吗？"宋叔叔忽然留意到了门口的我俩，冲着蒋正则打了个招呼，"彬彬啊，你要多跟人家蒋正则学，我那天去你蒋叔叔家，看见人家没事儿就在房间里看书呢。"

"跟我爸同事。"蒋正则这才说了实话。

我白了他一眼，看着班里的家长越来越多，心里越来越焦急。就在这时，我爸打来了电话。

"晓唐啊，爸爸在教室呢，怎么没看到你呢？"

"我就在门口啊，爸你也在门口吗？"我四处张望着，看了看班牌，立马豁然开朗。

"爸你在高二（1）班吗？"

"对啊，是1班啊。"

我深吸一口气说："我们分文理班了，我现在在7班。"

我爸用几声干笑掩饰了这片刻的尴尬，三分钟后，出现在了7班的门口。

不得不说，一家人总是有相似的地方，我爸和我一样，从来不去和老师套近乎，只是坐在我的位置上看着成绩单，神情比我还紧张，生怕林立忽然问他一些他根本没法回答的关于我的问题。

"爸,你不用太紧张的,全班这么多家长呢。"我忍不住和他说,之后就拿着一本新买的《五年高考三年模拟》准备去图书馆自习。这次语文学科报告是蒋正则来做,让我大大地松了一口气,不用在家长面前表现出在学校的常态,对我而言再好不过。

"开完家长会回爸爸那里吃饭吧。"我爸忽然叫住了我,"爸爸有事情想跟你说。"

我点了点头,出了教室。

这个世界上有太多需要维系的亲疏冷暖,甚至血缘都无法消弭这种不安。

我从来没有责怪过爸爸根本不记得文理分科的事情,只是面对这样的时刻,真相就像一个天真而残忍的孩子,总是忍不住揭开即将愈合的伤疤,让人刺痛得难堪。

我下意识地掏出振动的手机看了一眼,是陆悠鸣。

"晓唐,谢谢你。下周去图书馆吧,我预订了你喜欢的专辑。"

彼时的我,第一次翻开那本《五年高考三年模拟》的文科数学,承受着成千上万人曾经穿梭过的枪林弹雨,裹足不前,遍体鳞伤。陆悠鸣又变成了那个最顶端闪闪发亮的名字,而我始终用慢半拍的脚步走着,跟跄而坚定地走在自己的路上,最终还是把自己变成了和他一样能够单打独斗的少年。

还没等我回复，萧湘子忽然冲进了图书馆自习室，气急败坏地跟我说："出事儿了，他们要换掉林立！"

"谁们要换？"我合上手机，丝毫没有顾及身边新高三学长学姐们嫌弃的眼神。

"先回班再说。"萧湘子胡乱地收起我的文具盒，拉着我跑出了自习室。

"这次考试，前三名都是8班的，咱班平均分跟人家比差了5分，家长都不干了，要求换老师。"萧湘子气喘吁吁地边跑边说。

"要换成谁啊。"

"不知道，就说林立太年轻没经验，要换个有经验的。"

还没走到教室，就听见一阵争吵，远远地就看见林立被一群家长围着，疲惫而又慌张。

"林老师你说，我家李萌分科之前还是年级20名之内的，为什么分完班反而掉出去了。"李萌的妈妈举着成绩单不依不饶地拉着林立说。

"李萌妈妈您先别着急，我分析了李萌的成绩，她的历史和政治本来就相对薄弱一些，分科之后排名会有短暂下滑，这是正常现象……"林立脸红了，领带也歪在了一边。

"李萌本来就不适合学文科，她妈非说育文文科好，一定要让她学文。"萧湘子跟我说。

"人家8班就是老教师，如果班主任是吴老师就好了。"李萌妈妈说。

"对啊，如果是吴老师就好了。"一群家长附和道。

我看着林立站在走廊里，天花板上散落的灯光把内心的失落表露无遗。心里说不出来的难过，忽然觉得如果自己数学成绩再好一点，名次再上升一点就好了。

"叔叔阿姨们，能听我说几句吗？"在我还没做好心理准备的时候，却不由自主地脱口而出。

家长们都转过头，看着人群之外的我。我调整了一下呼吸，努力不去看我爸那副莫名其妙的表情。

"作为7班的学生，我知道成绩下滑跟我们每个人都有关系，但是……"我深吸一口气，努力搜寻着字眼，大脑却在这么多人的注视下空空如也，"林老师当我们班的班主任才一个月，这不能说明他带班有问题。而且我们都很喜欢林老师……"

"那这个同学我问你啊，喜欢能代表高考就有好成绩吗？"

"哎呀，爸你别说了。"萧湘子拉了拉她爸的胳膊。

"而且这是你的想法，你爸妈同意吗？"李萌妈妈又插了进来。

我忽然愣住了，一个小时之前我爸还不知道我在哪个班，现在问他怎么想，听上去就有点讽刺。

"我同意我们家晓唐的看法，给年轻老师一个机会。"

我爸慢条斯理地说，"毕竟是他们的班主任，我觉得有必要听一下孩子们的意见。"

李萌妈妈想说些什么又止住了，拿起成绩单又仔细看了看。

就在这时宋彬和蒋正则拿着一张纸跑了过来，纸上用签字笔写满了字。

"叔叔阿姨，这是我们班同学的签字，大家都想要林老师继续当班主任。"宋彬上气不接下气地说，"我和蒋正则刚才去找同学们签的。"

"已经回家了的，也发了短信。"蒋正则掏出手机，"除了我们四个站在这里还没时间签字的，剩下的四十六个人都表态了。"

"我们四个代表全班跟叔叔阿姨们保证，高二这一年一定好好学习，不然高三就换老师。"宋彬扬了扬手里的那张联名信，回头看着林立笑了笑。

"各位家长，我一定会努力带好咱们7班的，也请大家再给我一次机会。"林立鼓足了勇气说，感激地看了我们几个一眼。

我回头看去，我爸站在我后面，看到我看他时，僵硬地掏出了那张看了无数遍的成绩单，我小声说了一句："老爸，谢谢你。"

如果我早知道你信任我就好了。

part 9

如果
波西是女孩子就好了

✕

"晓唐,爸爸有事情想和你说。"

我和我爸站在操场旁边的栏杆后面,看着风把一排排杨树的影子割裂成不同的形状,而影子又和操场上踢足球的男生们融合在一起,好像之前的分离只是一场梦境。

我点点头,依然在为刚才和家长们说的话感到难堪。我从来都不会在父母面前表现出任何主动的情绪,始终觉得这种生理上的亲情,叫打扰。

"我和你冯阿姨上周去了医院,大夫说你可能要有一个小弟弟或者小妹妹了,出生了之后,你一定要爱护他。"

十月的风还和去年一样,吹得眼睛有点刺痛。仿佛小孩子还没出生,就已经调皮地弹了几下我的鼻尖,搞得酸酸的,还有些想哭。

"时间也不早了,你冯阿姨在家等你呢。"我爸拍了拍我的肩。

"爸,"我忽然下意识地叫了一声,"那你以后……还给我开家长会吗?"

"当然会啊。"我爸不假思索地说。

一路上我插着耳机,却把声音调得很小。我坐在车里,看着路上的同学们。赵维维的妈妈像对待小朋友一样,低下头把她校服的拉链拉了起来。就在她想要挣脱的时候,看到我坐在车里看她,不好意思地笑了笑。

我一边摆手,一边想到小时候我爸总是忘记在穿衣服的时候叫我把下巴抬起来,一不小心,就夹出了一个红印。可如果是第二次当爸爸的话,他能记住这些事情吗?

"晓唐回来啦。"冯阿姨看上去比之前胖了一点,也白了点。我想起我姥姥跟楼下邻居说的,皮肤变好了是要生男孩的,不知道有什么依据,大约还是因为都想要男孩投其所好这么说吧。每个生过孩子的大人眼睛都像是安了B超仪一样,一眼就能看出来别人怀的是男孩还是女孩。

"嗯,阿姨你快坐下休息吧。"看到冯阿姨怀了孕还在忙活,我心里很不是滋味。

"晓唐好久没来了,上课累了吧。"冯阿姨递给我一个剥好了的橘子。

我忽然想到十一的时候和蒋正则看的那本太宰治的《人间失格》，里面说"胆小鬼碰到棉花都会受伤，有时也会被幸福所伤。"我大概就是这样的一个胆小鬼，越是承受着这样突如其来的亲情，越觉得无所适从，甚至想要刻意逃避。大概人都是这样，越期待也就越惶恐。

"晓唐啊，林老师说了，你数学有点拉分，要不再额外补一补？"我爸一边给我盛汤一边说。

"不用了，我自己多做题就行了。"我把我爸给我盛的汤递给了冯阿姨，"孟老师说了……"

不知道是不是传说中的妊娠反应，冯阿姨忽然干呕了起来，一不小心把汤洒到了我的手上，烫出了一个水泡。我爸跟着冯阿姨去了卫生间，我只好一个人拿着抹布擦掉了洒出来的汤。看着我爸和冯阿姨，我忽然想，会不会当初我妈怀着我的时候我爸也这样。又转念一想，我爸跟冯阿姨才是一家人，我反倒是个来做客的外人了。日子本来就是这样，我们每个人都有自己的一条轨道，所以太阳升起又落下，水星逆行又顺行，而有些事情，则是再也无法归队的冥王星。

"爸，时候不早了，我先回姥姥家了，明儿约了同学自习呢。"我背上书包准备换鞋。

"行，那爸爸就不送你了，到家给爸爸打电话。"

我说了声"冯阿姨再见"就出了家门，我爸始终没有出来看过一眼。

出租车上的广播里，电台主持人在介绍周杰伦的新歌，我这才忽然想起之前忘了给陆悠鸣回复信息。掏出手机才发现早就没电自动关机了，我把手机揣进了兜里，头靠在玻璃窗上，没头没脑地哭了。

为什么人要这么地脆弱堕落？

到家之后，我赶在姥姥遛弯儿回来之前洗了把脸，不想让姥姥看见我哭，在我心里她一直都应该是个喜欢打扑克喜欢遛弯儿的快乐老太太。洗完脸之后我打开手机，给陆悠鸣发了一个"行啊"连同两个笑脸表情。觉得没事儿干，又不想做题，就随手打开了电脑。

我屋里的电脑是中考完我妈回来给买的，说是有空就跟她视频，然而我妈忽略了一个事实就是时差。之前我还用电脑写点故事，看看动画片什么的，但从升上高二开始，电脑基本上就成了一个摆设。

我登上QQ之后发现一个陌生人加我，备注信息是"学姐你好"，名字那一栏是两个星星图案，我想了想，似乎高一新生里并没有什么认识的人，但还是点了同意。

不到一分钟，这个号码就发了一个笑脸，连同一句"学姐好"。

"请问你是？"

"我是高一（4）班的女生，很高兴认识学姐。"

我这个人耳根子出奇地软，这个没见过面的学妹一口一个学姐地叫着，弄得我还挺高兴，说话口气都忍不住"学姐"了起来。

"请问学姐跟蒋正则学长是不是很熟？""双星学妹"又发来了信息。

"是啊。"我有点哭笑不得，这家伙已经开始祸害学妹了。

"学姐下周一能不能帮我把东西转交给他，拜托拜托。"

"啧啧啧。"我摇了摇头，现在这些年轻人实在是太直接了。转念一想又觉得不对劲，噼里啪啦地打了一行字问她怎么知道我的QQ号的。

"我堂姐是穆沐。"

我一口热橙汁差点喷了出来，想不到穆沐还有一个堂妹，这可从来没听她提起过。

我抓起手机，正要给穆沐发信息的时候，她倒先发给我了：

"我妹找你有事，加你了。"

"嗯，我刚看到，你可真是好姐姐啊。"

"学习上的事我不在行，以后就拜托你了。"

再笨的女生在接近喜欢的人时智商都会陡然增长。

"嗯，你姐刚才和我说了。"我飞快地打着字，"你要我给他什么东西。"

"秘密。"

就两个字,不过我也懒得再问,自从蒋正则转来我们班,隔三差五就能在课桌上见到各种各样的礼物,有笔记本,CD盘,然而蒋正则总是包装都不拆地放到最后一排的柜子上面,当面来送的也一概拒绝。"你不要,给我啊。"宋彬总是看着那些来送早餐的女生失落的背影对蒋正则说。

"那好吧,周一早自习之后,下不为例啊。"我假模假样地加了一句。

"谢谢学姐,那我下啦。"

我看到穆沐的堂妹把名字一栏的那两个星星符号改成了"小灵均",笑了出来,什么小灵均,我还小灵通呢。

我这个万年迟到的毛病,在周一的早上发挥到了极致,等我披头散发地到了班门口时,早读已经结束。门口站着一个短发的女孩子,头顶上别着一个白色波点的蝴蝶发夹,在向里面张望着。看到我要从后门进班,忽然跑了过来叫住我说:

"晓唐姐姐,我叫穆明嫣。"

"你就是穆沐的堂妹啊。"我慢慢地说,感觉现在给我个枕头就能继续睡过去,每天早上我几乎都在身体力行什么叫做"垂死病中惊坐起"。

"姐姐，那这个拜托给你了。""小灵均"忽然塞给我一个袋子，扭头就跑了。

"哎哟，踩铃'格格'，怎么不进班呢？"蒋正则抱着一沓练习册站在我后面。

我看着他，感觉像有人在脑子里扎破了一个气球。

"我错了我错了，这周轮我收作业。"我赶忙从蒋正则手里接过那沓练习册，随手把手里的袋子递给他，"帮我拿进去。"

办公室的门半开着，我用身子侧着推开了门，张老师不在，我把练习册放到办公桌上正要走，林立忽然把我叫住了。

"李晓唐，你过来一下。"

我自知迟到次数太多，缩着脖子走了过去。

"老师我错了。"

"嗯，自己知道错了就好，"林立低着头在写教案，"人往高处走，不要总是和一些不怎么样的同学在一起玩，时间长了你还能进步吗？"

"啊？"我莫名其妙地问道，"什么不怎么样的同学啊。"

"我都看见好几次了，你跟那个9班的穆沐在一起。"林立把教案本合上看着我，"我也教9班，那个穆沐我就没见她好好听过课。她画画，你能跟她一起画画吗？"

"可是林老师……"我感觉自己忽然不认识林立了，在我的印象里,他一直都是一个开明的老师,怎么说呢,就是和那些老教师不一样。

"别可是了。"林老师打断我,"老师对你期望很大,有时间多抓抓数学成绩,别让老师失望,回班里去吧。"

我一直都不明白,为什么成千上万的形容词里,偏偏形容学生只有非黑即白的好与坏。

我回到班里,看到桌子上放着一张水粉纸,画上的我穿着校服,刘海扎成了一个小辫,低头看着厚厚的数学参考书。最下角写着:"致下次数学130分以上的你。"想到林立刚才说的话,赶紧把画卷了起来放进课桌,生怕被他看到。

"晓唐,你新买的书给我看看呗。"蒋正则指了指刚才穆明嫣交给我的袋子。

"那是给你的。"我无精打采地把下巴抵在课桌上,看着宋彬用一个凳子抵着黑板,画了一个平面直角坐标系,下节课又是数学。

"这么客气。"

蒋正则拿出了袋子里的书,翻了翻说:"这书不像是你买的啊。"

"这可不是我买的,别人给你的,高一。"我哗啦一下翻开笔记本,准备在数学老师进班之前把黑板上的图抄下来。

蒋正则忽然把书塞进袋子里,抬手扔到了班级最后面的柜子上,咣当一声引得前面的同学注目观望。"蒋公子这是怎么了?"我放下笔看着他。

"没什么,不想要。"

"哪怕是个漂亮的小学妹?"我逗他。

蒋正则摇了摇头,指着我的笔记本说:"做你的数学题去。"

我没理会他,继续说:"我给你讲,这个小姑娘叫穆明嫣,高一的,我跟她姐姐是好朋友……"

"我没兴趣,你别费这个劲了。"一向号称"大众之友"的蒋公子不耐烦地打断了我。

"饱汉子不知饿汉子饥啊。"宋彬摇了摇头。

我一直觉得之所以大家叫他蒋公子就和这个有很大关系,蒋正则几乎和所有人都保持着一种友好的关系,但却总是让人觉得有距离,就连他高一下学期转学到我们班的原因都没人知道,排练《雷雨》的时候就有人问过他,他也只是笑笑,然后就指导林思达念台词去了。

不过相比于蒋正则,我更担心的是如何在老师的反对之下,维持和穆沐的友谊。

晚上放学的时候,我故意收拾了很久,等到人几乎快走光了的时候才慢吞吞地出了教室。

"怎么这么慢啊。"穆沐说。

"不好意思啊,最后一道题没解出来。"我吐了吐舌头,看着林立办公室的灯灭了，才放心地拉着穆沐走下楼梯。

"这次考试进步20名，我爸高兴坏了。"穆沐兴奋地说，"让你期中考完试去我家吃饭，好好带带我。"

"哦，谢谢叔叔啊。"我心不在焉地扯出一个笑容，脑子里还是林立早上在办公室说的那几句话。

"晓唐，你怎么了。"穆沐看我不对劲，"老师说你了？"

"嗯，是啊。"我敷衍地说，"老师说我偏科，让我在数学上下功夫。"

"我觉得你肯定能行。"穆沐真诚地说，"我要是成绩有你这么好就什么都不用愁了。"

"那你还学画画吗？"我反问道。

"当然学。"穆沐不假思索地说，"这跟学习好赖没关系，我就是喜欢画画。"

我叹了口气，这么简单的喜欢，为什么在老师的眼里就会被定义成不努力的模样。

"哎对了，我妹来过吗？她说想请教你文理分科的事情。"

我笑了，"来了，一早就来了。"

"你可得帮帮她，我奶奶家里我就跟她一个人好。"

"我帮是帮，可是奈何造化弄人啊。"我煞有介事地感叹道。

"周六晚上下课去画室吧，给你看好东西。"穆沐神神秘秘地说。

　　我始终觉得，那个方寸之间，地上斑斑驳驳，空气中都飘着铅笔粉末的画室甚是神奇，我和穆沐就是从这里开始真正地熟络起来。现在已经是十月中旬，之前在画室的很多学姐学长都已经去外地集训，准备冬季的联考和校考，明年这个时候，穆沐应该也会去外地参加集训。这是他们面对的千军万马，我们都一样。

　　穆沐递给我一只小盒子，示意我打开，里面躺着两只胸针，一只上面的图案是穿着校服的我，另一只是两个长发女孩子牵着手。我一眼就认出来这是穆沐画的，拿在手里翻来覆去看了好几遍。

　　"这个叫热缩片。"穆沐说，"专门给你做的。"

　　"穆沐同学，有你的啊。"我赶忙把画着我俩的那个胸针别在书包上，然后把另一个小心翼翼地放进盒子里，"你的呢？"

　　穆沐解开外套露出校服，校服的领子上别着一个滴胶胸针，两个小小的女孩子闭着眼睛睡着了。穆沐打开我刚才收起来的盒子，把那只小小的胸针别到我的校服相同的位置。我随手拿起中间摆放着的静物苹果把玩着，一个戴帽子的小伙子忽然说：

　　"我的祖宗啊，你可别把这东西吃了。"

"苹果不就是吃的吗?"我不解地问他。

"苹果能吃,但是变成静物就不能吃了。"另一个男孩说。

穆沐笑了,"老师之前说了,吃了静物就考不上了。"

我忽然想到自己总是买最贵最好看的笔记本记数学,大概也是认为本子越好成绩就会越好。不过似乎并没什么用,我们每个人都在这条路上有着不同程度的小"迷信"。

"你也是育文的?"那个戴帽子的男生问我。

"是啊。"我点点头,"怎么了?"

"没什么,我们学校实验班去年有一个风云人物转到育文去了。"那男生有一搭没一搭地说着,"我班女生天天感慨可惜啊。"

我下意识地问了一句:"叫什么名字啊?"

"忘了,我就听我们班女生叫他蒋公子。"

我和穆沐对视了一眼。

"这么受欢迎怎么还转学啊。"我假装漫不经心地说。

"这我就不知道了,不过我也纳闷儿了,这么多女生喜欢他,他就没有一个看得上的?"

"可能是专心于学习吧。"我干巴巴地说,脑子里却忽然想到了高二开学第一天蒋正则翻开那本《莎乐美》时,盯着内页上王尔德和道格拉斯的合影出神的样子。照片里那个被王尔德叫作"波西"的少年,孱弱而优雅,就是他把这个故事翻译成了英文。

我摇了摇头,努力把这种错觉驱逐出了脑海。然后对穆沐说:"时候不早了,我先回家了。"

"我跟你一起回。"穆沐穿上外套,把一堆五颜六色的颜料装进了一个大袋子里,然后提着颜料盒对老师说,"回家灌颜料盒去。"

"晓唐,林老师找我谈话了。"那时我们刚走出画室。

我的心忽然提到了嗓子眼,"林立找你干什么啊。"

"他说让我别总是打扰别人学习。"穆沐眨着眼睛说。她总是这样,遇到难过的事情就眨眼,似乎这样就永远不会流出眼泪。

"可是我在努力啊。"穆沐伸出手,在路灯下看着色彩斑驳的指尖。

"你没有打扰到任何人,"我用力握了握穆沐的手,"包括我在内。"

"我现在跟以前不一样了,"穆沐努力解释着,"我不找男生玩了,也不总出去玩了,我就想好好画画,和你一样考所好大学。"

"可是——"穆沐把手塞进了外套的口袋里,"他们怎么都不相信呢?"

"小沐你最想去哪个学校?"我忍着不去和穆沐说白天

发生在办公室的事情。

"中央美院吧,可是我根本考不上。"穆沐摇了摇头,"晓唐呢?"

我忽然意识到这是我第一次思考这个问题,我总是说自己要做编剧,可是从来没想过做编剧应该去读什么样的专业,什么样的学校。理想这种东西,总是终点比过程清晰太多。

"晓唐你也要参加联考,对吧?"穆沐说,"明年这个时候。"

"联考?"我没明白穆沐的意思。

"对啊,想要做编剧,不应该考戏剧学院吗?也是艺术生。"

"嗯,对啊。"我应和着,却不知道为什么心里觉得不是滋味,我始终放不下一种被分数决定的愚蠢的自尊。

"那太好了,我们可以一起加油。"穆沐笑了,看着周末夜晚渐渐慢下来的车水马龙。

"学姐,正则哥哥收下书了吗?"我刚打开电脑,就看到了这条消息。

"我给他了。"我实在是不忍心和"小灵均"说那本书已经和其他礼物一样,堆在了最后面的柜子上。

"太好了。""小灵均"发了一连串的可爱表情。

"学姐你说，正则哥哥喜欢长发还是短发的女孩子啊。"隔了不到十秒，"小灵均"又发来了信息。

"学习好的女孩子。"我想了想回复道。

似乎穆明嫣并没有把我这句话当一回事儿，在接下来的一周里，礼物层出不穷地出现在蒋公子的课桌上，从文具到小电扇，每个包装盒上都贴着一个大大的兔子贴纸。

"话说你妹妹到底有多少零花钱？"我实在忍不住了在去小卖部的路上问了穆沐。

"我俩差不多，她学习好，我爷一高兴就多给点。"穆沐随手拧开一瓶茉莉清茶递给了我，"不过我感觉她最近怪怪的。"

"怎么怪啊？"我明知故问。

"说不好，就是跟以前不一样，一会儿高兴一会儿难过的。"

"可能是学习压力大吧。"我匆匆总结道，一撇头看到了林立正朝我们的方向看了过来，我赶忙拉着穆沐出了小卖部。

"我怎么感觉咱俩像要私奔似的。"穆沐说。

就在这时，蒋正则从楼里气急败坏地跑了出来，抱着一颗篮球，后面跟着的是穆沐的堂妹。

"我都跟你说了，让你把精力放在别的事情上。"

"可是我就是喜欢你啊，从看你演话剧开始就喜欢你了。""小灵均"手里抱着一个透明的兔子饭盒说，里面是切好的水果。

穆沐不明就里地悄悄对我说："这唱的哪一出啊？"

"莎士比亚和崔莺莺。"我随口胡说道，心想这下可麻烦了。

"那你到底喜欢什么样的女孩子，你说啊。""小灵均"说着就要上去拽蒋正则的衣角。

"我……"蒋正则抱着篮球，局促地站在来来往往的学生里。他眼里的孤独和不安，如同一个茧，渐渐把他包裹起来，而这个世界所有的仰慕，都不过是在残忍地抽丝剥茧。

"明嫣你在啊，刚才都没看见你。"穆沐忽然走了过去，无视掉了"小灵均"红红的眼眶，眼睛亮亮地说，"还带了水果，对我这么好。"说完还对着远处的我眨了眨眼。

我反应过来，跑向蒋正则，一把抢走他的篮球说：

"走吧，上周体育课你说教我的。"

我坐在旁边的椅子上，看着蒋正则一遍遍地投篮，球砸到篮板的声音，就像是被看穿秘密的心跳声。

"你最近在看什么书啊？"我问蒋正则。

"五年高考。"他干巴巴地说。

"少来，下个月的《暗恋桃花源》，看吗？"

"你知道我为什么转学吗？"蒋正则没有回答我的问题。

"因为育文出文科状元。"我决定忽略所有的误解，只相信眼前这个少年。

蒋正则摇了摇头：

"因为我病了，得了很严重的病。"

我没有说话，只是静静地听他说。

"我得了一种'害怕被喜欢'的病。越是有女孩子喜欢我，我就越恐惧，越想脱离这个环境。我甚至用最强烈的恶意揣测她们是不是在故意试探我。"蒋正则继续说，"后来我发现，不论如何努力，都没办法和我身边的男孩子一样，对一些……普通的事情产生兴趣。所以我读普鲁斯特，读王尔德，读兰波，以为这样就会找到答案。高一的时候，我以为找到了我的波西，这是我犯过最大的错误……他们说得很难听。"

我听着他努力寻找着字眼，又想到那天在画室里那个戴帽子的男生说的话，心里难过得不得了。

"我无数次地羡慕王尔德和波西，但对我来说，如果波西是女孩子就好了。对谁都好。"我听着他的声音渐渐颤抖了起来，"晓唐，你说我真的是病了吗？"

"只要有爱的能力，不论是男是女，都不算是病。兰波会找到魏尔伦，王尔德会找到波西，你也是。"我对我身边的少年说，"相信我。"

part 10

如果
不认识你就好了

✕

"这张你听了吗?"陆悠鸣从对面递过来一张CD,连同一张纸条,午后的阳光洒在封面上,我早已能背出里面的歌词,却还是摇了摇头。

"走吧,去电子阅览室。"陆悠鸣指了指外面。

"就你这样,还铁杆歌迷呢。"出了自习室陆悠鸣对我说,"我这可是预购版。"

"就你厉害,行了吧。"

不知道从什么时候起,我不再字斟句酌地发信息,不再辗转反侧地思考他的话,不再忐忑不安地面对他的玩笑,我还是喜欢他,只是这种喜欢,不再叫仰望与惶恐。

我看着陆悠鸣把光盘放进去,按了播放键,手指细瘦纤长,左手的小指上沾上了墨蓝色的中性笔笔墨。他拿过头戴式耳机，用手打开要戴在我的头上，却突然一怔，停了下来，把耳机递到了我手上：

"戴上吧。"他假装满不在乎地说，却不好意思地用手摸了摸鼻尖。

我接过耳机，里面传来我循环播放了一周的蝉鸣声，每一个旋律都烂熟于心，但又极力假装这是第一次听。我偷偷地把声音调小，听见陆悠鸣小声说了一句：

"我还是想和你同班啊。"

我忍不住看了他一眼，陆悠鸣察觉到了我在看他，赶忙大声说：

"还不快谢谢你哥哥我。"

我摇了摇头，冲他扬了扬眉毛，自顾自地继续听歌。陆悠鸣拿我没办法，背靠在桌子边上看一本包着书皮的书。

"晓唐，这都高二了，你打算考哪里啊？"

"我啊，我还不知道。"我摇了摇头，摘下耳机放到桌上，按了暂停键，"你呢？"

"我也没想好。"陆悠鸣合上手里的书，我看到内页写着《新东方雅思词汇》，心里忽地一沉。

"晓唐你要读中文系吧，做编剧。"陆悠鸣把两只胳膊撑在桌子上，低下头看着我，我又闻到了熟悉的洗发水味道。

"我是这么想的，可是做编剧不应该是考戏剧文学吗？

这是艺术类,要参加联考的。"我趴在桌子上,一脸茫然,第一次觉得"追不到梦想,换个梦不就得了"是站着说话不腰疼。

"联考怎么了,很难吗?"陆悠鸣关切地问。

"不是这个原因,是林立说,实验班从来没有去参加艺术生考试的。"我为难地跟陆悠鸣说,心里却还在惦记他的那本雅思词汇书。

"晓唐你知道吗,小学一年级的时候,你还没转到我们班,全班只有我一个人是左撇子。"陆悠鸣晃了晃左手,"我为了和大家一样,刻意用右手写字,但是我怎么都写不好,老师以为我就是写字难看,没有选我去板报组,当时我特别后悔,心想如果一开始就用左手写字就好了。"

我盯着陆悠鸣的手指,很想用手擦掉他指节上墨水的痕迹。

陆悠鸣揉了揉我的头发对我说:"我们没有义务要去和别人一样的,懂了吗?"

我抬起头,呆呆地看着他,他却忽然笑了。

"你有没有觉得,这样好像路小雨和叶湘伦啊。"

"哎?"

"来吧,我们四手联弹穿越回去。"陆悠鸣说着从我的身后伸出手,假装在桌子上弹起钢琴,"就穿越到小学二年级的时候吧,你刚转到我们班。"

"不要，我要穿越到四年级下学期。"

"为什么啊？"陆悠鸣问。

"不告诉你。"我低着头偷偷笑了一下，他大概早就忘了，他独自一个人走出教室，把老师扔在外面的书包拿回来递给我，之后安静地走回座位的样子，像是独自打败恶龙的骑士。

"不告诉拉倒。"陆悠鸣刚要把下巴抵在我的头上，就听见管理员在后面大喊一声：

"图书馆禁止大声喧哗！"

"走吧，回去学习去。"我推开陆悠鸣，耳朵发烫地向楼上天台跑去。

"哎，我说——"陆悠鸣用那本厚厚的单词书轻轻敲了一下我的脑门，"你数学最近有没有进步啊？"

"一言难尽啊。"我一副半死不活的样子看着他。

"你可真是愁死我了。"陆悠鸣气急败坏地揉了揉脑后的头发。

"你这样子，好像林立啊。"我偏过头看着他。

"谁是林立？"陆悠鸣透过新换的眼镜镜片看着我，皱着眉头。他平时不戴眼镜，只有看书的时候才戴，用他的话说是"眼镜有智慧加成"。

"我班主任啊。"

"改天我一定要给他写封信，让他好好看着你学数学。"

"别提这个事了，我都要愁死了。他觉得我偏科就是跟穆沐在一起玩造成的。"我把头靠在天台冰凉的围栏上，侧过脸看着陆悠鸣。

"穆沐？向斯年的小女朋友？"陆悠鸣随口说道，视线又回到他手里的那本书上。

"你怎么知道？"

"我怎么不知道，向斯年跟我一起上竞赛课，她来过好几次。"陆悠鸣说，"我现在还有她转学之前送给我们的画呢。"

我忽然内心有了一点奇怪的想法，想要凑上去看一眼陆悠鸣的那本书，他却啪地一下子合上了。

"看什么呢，这么神秘？"

"没什么，竞赛书而已。"陆悠鸣把手背到后面说。

我没有探究下去，只是说："我们可以去一个城市上大学吗？"

陆悠鸣点点头。而我却希望他现在就说想要去更远的远方。我原本以为我们是合数，偌大世界上总能找到伙伴，而实际上我们只是质数，是除了毫无用处的1和自己之外，一无所有的，世界上最孤单的数字。

分班之后的期中考试，我依然维持着语文和历史的第一名，数学却排到了有史以来的最低名次，全年级第98名。按照这个比例计算，应该是实验班里数学单科的最后一名。

我班的第一名,毫无疑问属于萧湘子。她和林思达分别占据着文科和理科班的第一名,堪称高二年级的"神雕侠侣"。家长会之前,我爸拿到了成绩单,只是说再努力一次,这反而令我感到更难过。

我至今不敢相信,曾经那个神采飞扬的自己,也是现在这个因为数学考试焦头烂额寝食难安的自己,曾经的我还自诩依靠着一点小聪明站在了金字塔的顶端,如今却再也没有了那样的骄傲。每次数学考试,我都像是溺水的人一样努力去抓住近在咫尺的最后一根稻草,然而最终还是沉在了解析几何第二问的湖底。

家长会之前我爸就说,让我回家吃饭,我做完学科报告之后就去楼下等他。路上遇到了程云霄。

"晓唐,你们也在开家长会?"程云霄说,脸上一点都看不到作为一个高三生的疲惫和紧张。

"嗯,也在开。"我点点头,"姐姐最近很忙吗?"

"还好,我应付得过来。倒是你,分科之后还适应吗?"

"别的都还好,就是数学……"我挠了挠头,说实话,和"文曲星"说话还是很胆怯的。

"我也是。"程云霄拍了拍我的肩,"我最头疼的也是数学。"

"姐姐你头疼的应该是能不能考满分吧。"我莫名产生一种酸涩的崇拜之情。

"我没那么大的野心，140以上就好了。"程云霄轻描淡写地说，"我爸说让我报自主招生，跟我哥一起，他考体育特长。"

"肯定没问题的。"

"这种事情怎么说得准呢。"程云霄笑了，从兜里掏出一根棒棒糖递给我，"晓唐，要加油啊，不论是数学，还是其他的事情。"

我看着赵维维和她妈妈从楼里出来，急忙告别了学姐，向楼上走去，一路上遇到了很多同学和家长，唯独不见我爸。这时穆沐从楼梯上走了下来，却忽略了我叫她的声音，径自向楼下走去。穆沐的爸妈都很忙，之前她就说过没有人来给她开家长会。

"小沐，你想什么呢？"我赶忙穿过人群去找她。

穆沐没有说话，像是不认识我一样地汇入了人群，被星星点点的蓝色校服淹没。

我以为穆沐是着急去画室练习，就转身继续上楼找我爸。走到教室门前，就看到他、林立和孟老师三个人拿着我的数学卷子在交谈着，那一瞬间，就像是有人在平静的水面上撒了一大包跳跳糖。

"情况就是这样的，也希望晓唐爸爸配合我们，咱们共同把成绩抓上去，考所好大学。"孟老师对我爸说。

"是啊,晓唐爸爸,你看李晓唐别的成绩都不错,就数学不好,这太可惜了。我们对她有信心,您也别着急。"

"好的好的,老师们也都费心了。我回去就跟晓唐说。"我爸把几张期中考试卷收到一起,回头看到我站在门口,"时候不早了,那我就先带晓唐回去了。"

我匆匆跟老师们打了个招呼就跟着我爸走了,临走之前,瞥到林立意味深长地看了我一眼。

"晓唐啊,这次期中考试,林老师说你数学成绩还是提不上去。"我爸一边吃饭一边跟我说。

"嗯,我知道。"我扒拉着碗里的饭粒,头也不抬地说。

"听说你跟你们年级一个女同学关系很好,还一起回家。"我爸给冯阿姨盛了汤,冯阿姨现在已经能看出来一点肚子了。

"嗯。"我已经猜到林立和我爸说了什么。为什么人一当上班主任就一点都不可爱了呢?

"爸爸这可要说说你了,你长大了,不能总是和一群乱七八糟的孩子在一起玩。"

"爸,穆沐不是乱七八糟的孩子,她就是喜欢画画。"我跟我爸解释道。

"就是这个画画弄的,听林老师说,你打算考什么戏剧学院,是不是这个穆沐教你的?"我爸把筷子放了下来。

"嗯，我想当编剧。"我第一次鼓起勇气和我爸说起了这件事。

"想当编剧那你考中文系、考新闻系都可以，为什么要考艺术课，你看看那些孩子跟你是一个水平吗？"我爸说话越来越着急，"爸爸最近很忙，公司家里的事情一大堆，你阿姨又怀孕，你又交些差劲的朋友……"

"爸，穆沐不是什么差劲的朋友……"

"啪"的一声，我感觉脸上肿了起来。我爸突如其来的一巴掌，让我跟他都反应不及。

"你打孩子干什么啊。"冯阿姨赶忙站了起来，"晓唐来，阿姨看看……"

冯阿姨还没说完话，我就已经背着书包跑了出去，这是我爸第一次打我，我生气的不是他因为我要报考戏剧学院打了我，而是因为他居然说我的朋友是"差劲"的朋友，我影响了他本来的工作和家庭。

出了小区我才发现，今天上学时没有带钱包，只好顺着马路向姥姥家走去。路上看到一个小朋友，坐在自行车的后座上，拿着一串糖葫芦唱着《数鸭子》，前面骑车子的叔叔穿着工作服，和小朋友一起唱着。我忽然想到小时候上幼儿园时，我爸也是这样带着我的。之后我爸的生意越做越大，我们却越来越不快乐。

走了大概二十分钟，我在十字路口看到了一个熟悉的身影，背着一块大大的画板，手里提着一只颜料箱，穿着和我一样的校服，是穆沐。我想叫住她，却没有勇气叫出口。

穆沐没有骑自行车，我们就这样一前一后地走着，我看着她把颜料箱从一只手换到了另一只手，指节冻得发红，又心疼又委屈，明明我们两个人都没有犯错。大人的世界就是这样，他们交朋友看成绩，看家庭，看工作，看薪水，唯独不看这是一个什么样的人。还为此而沾沾自喜，觉得这才是通行无阻的社会法则。

我就这样跟在穆沐后面，距离她不到十米位置，始终没有说一句话。十几分钟的路，像是走了一整个白天与黑夜，直到我拐进小区，穆沐都没有回头看过一眼。

吃过晚饭，我看到手机上有两个未接来电，是我爸。我没有打过去，不知道该用什么语气来说话。我摊开期中考试的卷子，往本子上誊错题，一边誊一边哭，心想这世界上还能有比自己更倒霉的人吗？正在这时蒋正则打来了电话：

"晓唐，上次你说的《暗恋桃花源》咱还去吗？"

"不，不去了。"我一边抽泣一边说，"我都数学垫底了，我还看什么桃花源啊。"

"哟，怎么哭成这样啊，姥姥说你了？"

"不是，我爸说不让我跟穆沐玩还打我……穆沐还跟我生气……陆悠鸣还要出国了……我，我数学还这么差，我怎么这么倒霉啊。"我上气不接下气地跟蒋正则说,眼泪啪嗒啪嗒地掉在卷子上,洇出一片蓝紫色的水渍。

"现在还疼吗?"蒋正则问。

"不疼了。"我委屈地说,"但是我心疼啊。"

就在这时,姥姥敲了我房间的门,看到我在打电话,什么都没说,只是放了杯热橙汁就出去了。我赶紧背对着我姥姥用袖子擦干眼泪,和蒋正则说:"行,那下周我收作业吧。"就匆匆挂了电话。

有些时候我总希望如果有魔法就好了,可以看到两年后的自己,有没有和穆沐和好,到底会有一个小弟弟还是小妹妹,有没有考上戏剧学院,陆悠鸣去了哪里念书。可是如果这一切都走向了和希望完全相反的结局,我还会继续努力吗?

我悄悄打开卧室门,去卫生间洗了一把脸,回来继续往错题本上抄题。我这个人总是忽然干劲十足,又忽然混吃等死。既有上进心,又有"玻璃心",一直在努力,一直在放弃。哭了一鼻子之后忽然觉得充满力量,好像是之前脑子里进的水也都流出去了,信心百倍地改完错之后,给蒋正则发了一条信息,提醒他订两个挨在一起的座位。本来穆沐也想去,但是这么大的梦想,我们都没走散,这么一点小的误会,我们却把对方弄丢了。

"晓唐啊，9班那个小美女怎么最近不来找你了？"宋彬在体育课之前问我。

"不知道。"我踮着脚把一摞语文练习册放到讲桌上，准备下楼上课。

"咱班体育课今天跟9班一起上。"赵维维在一旁说，"他们班临时换课了。"

自从运动会上得了第一名，赵维维就一直担任体育委员。临近期末考试，8班已经不上体育课了，林立却坚持自己的观点：多运动有助于增强记忆力，而且不容易感冒。

我听到这句话心里咯噔一下——已经一个星期没见过穆沐了。

这学期的体育课是新来的体育老师上，比之前一言不合就让我们跑圈的"短脸大长腿"老师有意思得多。每节课的内容都不一样。听赵维维说他是林立在大学时篮球社的学弟。

"这节课咱们男女分开上，女生练习排球，男生嘛……"

"老师，我们能打比赛吗？"9班一个男生说，我记得穆沐跟我提过，这个男生是国家二级运动员，高考可以加分的。

"行，你们想打什么比赛。"体育老师爽快地答应了。

"只能打篮球了，实验班根本凑不齐一支足球队。"9班班长成旭笑着说。

"哎，我们班怎么凑不齐了，我班十二个男生呢！"宋彬反驳道。

话一出口，连我们自己班的人都笑了，我偷偷瞄了一眼穆沐，她低着头和旁边的女生在小声地嘀咕些什么，一眼都没往我们班队伍这边看过。

"行了行了，那就踢足球吧，成旭宋彬，你俩拿球去。"

体育老师扔给他俩钥匙之后，就转头跟我们说：

"咱们女生，"萧湘子揪着我的袖子偷偷笑了，每次体育老师说"咱们女生"这句话的时候她都忍不住笑，"今天跟上节课一样，练习发球垫球，两两一组，但是——"体育老师顿了顿，"不能和自己班的同学一组。"

我和萧湘子脸上的笑容消失了，我们两个体育课上的"问题少女"，就这样要被9班的同学打击得体无完肤，心里多少还是有点紧张。

"你。"体育老师指着萧湘子，"跟陈曦一组。"

我看到穆沐身边那个女孩子拿着球走了，心里一沉。

"剩下你俩一组。"体育老师大手一挥，留下了面无表情的穆沐和我。

"那个，咱们练习吧。"大概过了有三五分钟，我实在忍不住了，小声对穆沐说。

穆沐点点头，像第一次见我一样，我把排球递给她的时候，她也很小心地不碰到我，好像我的身上长满了刺。

我们就这样一言不发地练习着传球和垫球，我第一次看到穆沐这样严肃，却又这样陌生，每一个球都带着赌气的意味认真地向我扑面而来。

"你知道吗？我看见美术馆有高更的画展和讲座，你想去吗？"我鼓起勇气在发球的时候说。

穆沐没有说话，只是把球传了过来。

"我家楼下那个美术店的马利和辉伯嘉现在都打八折……"

"你能不能管好你自己的事，如果不认识你就好了。"

穆沐不耐烦地打断我，我脚下一滑摔倒在地上。

"晓唐，你没事儿吧？"萧湘子她们赶忙跑了过来。

"没事儿，崴了一下。"我试图站起来，却疼得怎么都使不上劲。这时下课铃响了，我看着穆沐如释重负地走向之前和她说话的女生，头也不回地出了体育馆，我眼泪最终还是不争气地流了出来，就连我自己都不知道到底是因为疼痛还是委屈。

赵维维去足球场叫来了蒋正则和宋彬，蒋正则把我背回了教室，林立看到了问我，要不要给我爸打电话让他晚上来接我，我摇了摇头，心想这真是赶到一块儿了。

"老师，没事儿，我们轮流送晓唐回家。"宋彬说。

"我办公室有红花油。"林立一拍脑袋，立刻往办公室跑，我忽然觉得自己有点对不起他，第一次当班主任就遇到我这么又偏科又不省心，还即将"叛变"成艺术生的学生。

我下意识地摸了摸领口，忽然觉得少了什么，低头看时发现穆沐之前亲手做的送给我的胸针不见了，我赶紧往地下看，却怎么都找不到。

"晓唐怎么了？"蒋正则小声问我。

"我的胸针丢了。"我焦急地说。

"那个两个小人儿的？"

"对啊，你在哪看见了？"

"我见你戴过。"这时孟老师来了，"下课之后再找，先好好上课。"

我点了点头，不知道是因为脚伤，还是被林立感动了，听得格外认真，感觉没过多久就下课了。萧湘子她们看我走不了路，说给我买晚饭回来吃。我一个人坐在教室里，看着楼下的同学们三三两两地走向食堂，或者走出学校。我在人群中想要找寻穆沐的身影，却怎么都找不到。我又想起穆沐在我摔倒之前说的那句"如果不认识你就好了"，林立说得对，我不适合画画，她不适合学习，我们始终不是同一个世界的人，强行放到一起，就是互相耽误前程。人总是要成长的，所谓长大，就是不得不接受自己不喜欢的事情。

早知这样，如果不认识你就好了。

part 11

如果
像你一样就好了

×

穆沐就像是我做过的一个梦，连带着她指尖上沾染的颜料与铅笔的痕迹，和秋天最后的温度一同褪色，好像从来都没出现过一样。

我在学校里依然能看到她，我内心甚至产生了一种并不光彩的期待——期待见到她眼里有和我一样的心疼与惋惜。而穆沐只是背着画板抱着书走过长长的走廊，任凭我的目光和冬天凛冽的太阳照在她闪闪发亮的发辫上却浑然不知。

亲爱的穆沐同学，如果像你一样就好了。

像你一样看似毫发无伤地生活下去。

"行啊你。"陆悠鸣摸了摸我的头顶，"这几道题做得不错，一会儿请你吃饭。"

我摇了摇头，一点儿都高兴不起来。

"育文寒假补课吗？"陆悠鸣一边说一边翻着手里那本物理练习册，上面的塑料封套还是开学时我给他套的。

"补啊，补到小年夜呢。"

"我们也是。"陆悠鸣又掏出了那本厚厚的单词书，只有这本单词书是包着淡蓝色的书皮的，其他的书都是大大咧咧地露着封面。

"你说，如果我们以后不能去一个城市念书怎么办啊。"我放下手里的荧光笔，趴在桌子上说。

"那我就坐火车去找你。"陆悠鸣从我的铅笔盒里翻出一支荧光笔在书上画了几笔。

"如果火车都到不了呢？"

"那我就坐汽车、坐船、搭便车、走着去，不管有多远都去。"陆悠鸣回头看着我，"你可千万别说你想上月球啊。"

我继续填写着林立发的气候分布图，心里暖得像是太阳直射点移到北回归线一样。

"你以后，想写什么剧啊？"陆悠鸣随手拿起我放在桌子上的一本戏剧简史翻了翻。

"我想写我身边的故事。"

"有我吗？"

"这可不好说啊。"我卖起关子，心里那个小小的我却点了好几遍头。

"我不就在你身边么。"他小声说。

"那你会一直在我身边么?"我脱口而出却后悔了,答案就像是考试成绩一样,我又想知道,又害怕知道。

"走吧,请你吃饭。"陆悠鸣没有回答,而是帮我收好了书包,扶着一瘸一拐的我出了自习室。

"现在还疼吗?"他回头问坐在后座上的我。

"好一点了。"我心虚地说,实际上早就好得差不多了,我只是为了能在这个后座上多坐几天而已。

"伤筋动骨一百天呢,哪能那么快好起来。"陆悠鸣说,"实在不行就打车,要不我接你。"

"这可不行,你还得考雅思呢,哪有那么多时间。"我忽然停住了。

"你看见了啊。"他停顿了一下,"我都跟我妈说了,我在国内上大学挺好的,她就是不听。"

"我也觉得你应该出去念书,你的偶像不是图灵吗?"我总是这样说着违心的话,把我的少年推到远离我的、他本来应该航行的轨道,然后含着眼泪沾沾自喜,自以为做了一件多么了不起的大事。

"我一放假就回来。"陆悠鸣说,然后隔着手套把我的手放进他的口袋。

就在这时,我看到穆沐站在马路的另一边,手里提着颜料箱，和另一个女孩儿在等红绿灯，是体育课上和她一起的陈曦，也是学美术的，她们注定是好朋友。

而十七岁的李晓唐弄丢了七岁时认识的穆沐，也即将弄丢七岁时认识的陆悠鸣。七岁的李晓唐应有尽有，十七岁的李晓唐一无所有。

"给你，新年快乐。"蒋正则在周一的早自习上递给我一个小盒子，里面是一个珐琅彩的小鸟胸针。

"你那个胸针我是找不到了，送你个新的吧。"蒋正则一边数卷子一边说，"寒假补课不用穿校服，还能搭配得好看一点。"

"晓唐，恭喜啊，期末考试成绩出了，你历史单科又是第一。"萧湘子一进班门就拿着成绩单走了过来，瞬间被一整个班的人团团围住。

"第一名，快来数卷吧。"蒋正则把手里那沓卷子递给我，兴冲冲地挤到教室最前面看起了成绩单。

我这时才注意到，刚才他数的是高三年级期末考试的语文卷，我屏住呼吸，一张张地翻下去，终于看到了程云霄的名字。

我正要翻过去看她的作文时，蒋正则跑了过来对我说：

"你知道历史年级第二是谁吗？"

"不是你，就是萧湘子啊。"

蒋正则摇了摇头，"不在实验班。"

我抬起头，一脸疑惑地看着他，不懂这个第二名能和我有什么关系。

"是穆沐。"

在我印象中，穆沐把所有学习的时间都放到了画画上面，也从来没听她说起过她有除了美术课之外特别喜欢的科目。

"9班穆沐吗？"我又向蒋正则确认了一遍。

"对啊，9班穆沐，比我和周朋朋还高一分。"

"我也奇怪了，你说她怎么考的，学美术不是需要花很多时间吗？哪有时间花那么多功夫在文化课上。"宋彬一边发成绩单一边说。

"成绩单大家都拿到了，我简单说几句。"这时林立进了教室，手里抱着一沓地理卷子和一张成绩单，神情看上去轻松了不少，"咱们班这次进步很大，跟8班的差距也在缩小，尤其是地理，数学和历史的前三名都在咱们班。"

"可是历史第二名不是9班的吗？"坐在第一排的李萌小声说了一句。

林立就像是没听见这句话一样，继续拿着成绩单分析每个分数段的成绩，这时下课铃响了，林立走到我身边说：

"来我办公室一趟。"

"晓唐，你跟老师说实话，你给没给9班那个同学传答案?"历史刘老师把试卷递给我,我接过去看到穆沐久违的笔迹,这是我第一次见到她的考试卷。

"我没有。"我把卷子递给刘老师,又看了看坐在对面的林立,忽然生气得要命。

"你是好学生,只要改了就好。老师就要你一句实话。"

"可是我真的没有,自从期中考试之后,我就没见过她了。"我越说越觉得委屈,不知道是被错怪作弊,还是因为从那之后再也没和穆沐有过任何联系。

"我就说你两句,怎么还哭了。"刘老师一看我快哭了也不好再说些什么,"小林老师,你看李晓唐是你们班的学生,你之前也说不建议她俩在一起。"

我转过头看着林立,希望他能说一句相信我,可是他却说:

"晓唐先回去上课吧。"

我还想说些什么,却被林立制止了。

"晓唐,你怎么了?"萧湘子转过头问我,这时已经到了上午的最后一节课。

我摇了摇头,努力把穆沐从我脑海里驱逐出去。其实我没有因为被老师错怪而难过,真正让我难过的是刘老师的那句"你是好学生",就好像是因为成绩单上的几个数字,就可以抵消掉所有的肆无忌惮,而这对穆沐来说,是一件无论如何都极不公平的事情。

"别想了，上课了。"萧湘子拍拍我转过身去。

这节政治课，我有一半的时间都在走神，直到走廊里忽然传来一阵吵闹。

"我说没抄就是没抄。"我听到穆沐的声音在门外响起。

"那你说你怎么连填错了的答案都跟李晓唐一样。"刘老师也不依不饶地说。

我感觉全班人的目光都在我身上，老师也停下来看了我一眼，我觉得脸上烫得都能煎鸡蛋了。

"我和她不熟。"片刻沉默之后，穆沐平静地说。

我脑子里一片空白，又想到了穆沐那天在体育馆说的那句"如果不认识你就好了"。我不在乎是不是被认成互相抄袭，我在乎的是，雪天和我分享秘密，知道我全部理想和软肋的人，现在竟平静得如同从未认识过我一样。

之前一直低头看着考卷的蒋正则忽然从课桌上的一大摞书里抽出了我的历史笔记本，翻到了民族解放运动那章，然后小声问我：

"晓唐，1810—1815年的墨西哥解放运动，是谁领导的。"

"伊达尔哥。"我无精打采地随口答道，"我填成了杜桑卢维杜尔，低级错误。"

"可是你笔记上写的和试卷上一样。"蒋正则指着我卷子上那个唯一错了的填空题，"我记得之前有一天我们大扫除的时候，你把笔记借给穆沐了。"

蒋正则这句话像是一条鞭子抽在我身上，我忽然想起了穆沐在期中考试之前借过我所有的笔记，说要拿去复印，而这些笔记本却在家长会之后悄无声息地出现在了我的课桌上。

"老师我要去卫生间。"没等老师回应，我就抱着卷子和笔记本冲了出去。

"作弊在育文是大忌，没有一个学生例外，你这样不知悔改是要记过的。"刘老师的声音在走廊上响起，一字一句打在我亲爱的穆沐同学身上。

"刘老师——"我气喘吁吁地跑了过去，"我之前把笔记借给过穆沐，是我写错了……"

我从穆沐手里夺过她的答题纸，连同我的笔记本一起递给了刘老师，无视掉了林立之前所有的忠告，回过头对穆沐眨了眨眼。

"要我说，真金不怕火炼，同等难度的考卷，让她俩再做一次就好了。"林立的声音从几位老师中传了过来，"我相信我的学生。"

我看了眼一直没敢看的林立，他站在一群老师中间，偷偷地对我眨了眨眼。我却没有对他的眼神有丝毫的回应，我甚至不确定他口中所讲的"我的学生"，是一个人还是两个人。

"那就我再拿一套卷子，你俩在旁边的空教室做一下吧。"

刘老师去拿卷子时，我听到穆沐轻轻地说了一句：

"真是个粗心鬼啊。"

我扑哧一声笑了，不论是粗心鬼还是大笨蛋，我都愿意得不得了。

接下来的一个小时里，我生平第一次和穆沐坐在同一个考场，背对背答着一张只属于我们的考卷。偌大的教室只有两个人，我甚至能听到自己的呼吸，但背后却是全部的温暖。

我们两个人看着刘老师出了教室，舒了一口气。

"你原谅我了吗？"我和穆沐异口同声地说。

"我以为是你生气了。"我抢先说。

"明明是你吧。"穆沐说，"我送你的胸针你都扔了。"

我不好意思地摸了摸刘海，"我给弄丢了。"

穆沐把手伸到我面前，那枚找了将近半个学期的胸针躺在她的手心里，两个女孩子依然完好无损，像是什么都没发生过一样。

"那天你摔倒了，我刚走就觉得不对，等我再回到体育馆的时候，你早就走了，地上只有这个。"穆沐把胸针别到我的衣服领子上，"我以为你生气不要了呢。"

"怎么会不要了呢。"

"之后我想去看看你怎么样了，我都走到你们班的门口了，却没有勇气进去。我看到你坐在教室里，林立、蒋正则还有好几个人都围着你，我觉得那才是你的生活，而且，"穆沐转过身去趴在窗台上，"林老师说我会影响你学习。"

"我不是说了吗，你不会耽误任何人的。"我看着穆沐的侧脸，鼻尖泛着红色，头发微微蜷曲着散落在背上，十七岁的李晓唐又找回了七岁时认识的穆沐。

"所以我就想，如果像你一样就好了。"穆沐用手指在布满雾气的玻璃上随手画着，"像你一样被老师喜欢，考一个好的分数，这样你就不会被林立找麻烦了。"

我忽然想到了那个曾经傻傻地追赶着陆悠鸣的自己，我们总是把喜欢的人当作目标，友情和爱情都一样。

"我仔细想了想，数学我是不行了，英语也差，也就文综的三门课能下下功夫。"穆沐说，"除了你的笔记，我还找了一个人。"

"谁？"

"林立。"穆沐说。

"哈？"我怎么都想不到穆沐会去找林立。

"林立也是我们班地理老师啊。"穆沐不知道为什么有点不好意思地笑了，"我说我想补一补地理，林立二话没说答应了。"

"那你还有时间画画吗？"

"挤时间练习咯。"

我忽然觉得愧疚，愧疚于自己那些毫无意义的猜忌，对穆沐，也对林立。

"晓唐，如果像你一样就好了。"穆沐继续说道，"被这么多人喜欢着，也被这么多人信任着。"

穆沐假装是被阳光刺得流出了眼泪，却任由泪水打湿了试卷。我理解穆沐的眼泪，却从未经历过这样的委屈。这世界多苛刻，甚至不愿让任何奇迹发生。

当我和穆沐走出校门的时候，她不自然地抓了抓我的羽绒服，我没在意，又低下头看林立给家长发的信息。上个星期林立让宋彬登记全班的电话号码，说是要弄一个什么"校信通"，我不假思索地填了自己的手机号码。

"我这叫自我学习，自我管理。"我心虚地跟蒋正则说，实际上我还是没跟我爸和好，我和我爸都死要面子，用我妈的话说，就是不管怎么着总得随点儿啥。

"小沐。"我听到有人叫穆沐，抬起头，看到一个穿着米色风衣的短发阿姨向我们走来。

"妈……"穆沐面无表情地叫了一声。

穆沐的妈妈在我的印象中不是第一次见，我记得那是初中一次期中考试之后，穆沐哭着站在讲台上说她不想转学，接着就被一位阿姨领走了。穆沐眼睛里的泪水，我始终忘不了。

"我让你今天跟老师说的话你说了吗?"穆沐的妈妈着急地问。

"我忘了。"

"这么大的事儿你忘了?"穆沐的妈妈用力拽了穆沐一下,用和穆沐一样漂亮的大眼睛瞪着穆沐,"我每天多少事儿,还要操心你……"

"阿姨阿姨,有话好好说。"我赶忙上去在穆沐被晃散架之前把穆沐和她妈分开。

"你是……谁啊?"穆沐妈妈终于发现了我的存在。

"妈,这是我跟你说了好几次的李晓唐。"我看得出,穆沐有点难为情。

"哦,李晓唐。"显然穆沐的妈妈并没有把穆沐说的话放在心上,"让你同学先回去吧,我们去学校。"

"妈!"穆沐着急地说,"中午你下班别人也下班啊。"

"那你这个转学什么时候能办好!"

这句话就像是不小心踢到深潭里的石子,所谓平静,就是用来被打破的。

一定是天太冷,我感觉耳朵出了毛病。

"我在育文上得挺好的。"

"那你自己选,跟你爸还是跟我。"

穆沐像一个没带作业被罚站的小孩儿一样低头站着,用脚尖踢着一个瓶盖儿,也不说话,也不抬头看。而我却无能为力，这句话像是一道永远都无法愈合的伤疤，伤在穆沐身上，也伤在我身上。

对小孩子来说，这个世界上永远超纲的，就是关乎父母的单选题。

"你想好了打电话吧。"穆沐的妈妈丢下这句话就走了。我伸出手把穆沐被寒风吹乱的头发别到耳朵后面，听见她说：

"我能去你家吃饭吗？"

"晓唐，我真的不想再转学了。"穆沐和我吃完饭并排躺在床上。

"要不问问你爸？"我试探性地说，"你爸不是很关心你成绩吗？还说你进步了要请我去你家吃饭。"

"那是我编的。"穆沐笑了，"我总是跟别人说，我爸妈对我很好，我爸很关心我学习，实际上都是假的。除了你，谁都不知道。"

穆沐就像是另一个我，总是虚构现实，总是相信幻想，却从不愿知道真相。

"晓唐，你喜欢爸爸妈妈吗？"

我想起了我爸那突如其来的一巴掌，却还是点了点头。

"晓唐，如果像你一样就好了。老师相信你，同学也喜欢你，虽然爸爸妈妈分开了，还有对你这么好的姥姥，我真的好羡慕你。"

"我也羡慕你啊。"

"羡慕我？我有什么可羡慕的。"穆沐把手指插到头发里，支起身子看着我。

"你会画画，长得又好看，可以为了喜欢的东西不顾一切，这些我都没有。"

"可是晓唐，这些都在伤害我啊。"

我体会不到穆沐是怀着怎样的心情穿梭在两个家庭之间，又是怀着怎样的希望与失望看着父母分分合合。那个小小的她，为了父母随口的一句"画得真好"，就提着画具不论酷热严寒地往返于家和画室之间。她总是沉浸在所期待的感情里，却总是被最期待的人弄得遍体鳞伤。我唯一能理解的，就是小学时排练节目，她站在教室里，背对着摇来晃去唱着儿歌的同学们，鼓足勇气说的那句：

"和所有小朋友一样，我生活在一个相亲相爱的家庭里。"

我们的生活，多么幸福。

我们的学习，多么快乐。

part   12

如果
他是我哥哥就好了

×

寒假补课快结束的时候,我在回家的路上遇到了林立。

穆沐一放学就去了画室,而我则一个人慢吞吞地骑着自行车,脑子里回忆着什么是"第四堵墙"。明年的这个时候,我应该穿梭在各个学校之间参加各种科目的考试,如果够幸运的话。但我知道,我从来都不是那个幸运的人。

林立在路边招了招手,我停下车子说了句:"林老师好。"

穆沐这件事发生之后,我总觉得林立变成了一个我理解不了的人。他像所有老师一样,坚定地认为我会被穆沐"带坏",却又愿意帮穆沐课后补习地理;他总有一套自己美其名曰"林氏教学法"的独特方法,却又努力地挤进经验教学的队伍里面。有些时候我甚至觉得林立再也不是那个跟我们一起挤公交演话剧的大哥哥了,他终究会游进更加宽广而复杂的水域,变成一条普通的鱼。

"晓唐住哪里啊?"

"我顺着文化路走到头就到了。"我用戴着手套的手指了指前面。

林立点了点头,"我也顺路,一起走吧。"

推着自行车和老师一起走路回家,这还是头一次。如果是以前,大概我会和宋彬还有赵维维一样,和林立聊大学时他演过的话剧,昨天练习册上的地理题,而这些话题都从我的脑子里漏了出去,留在里面的只有无关紧要与不明就里。

"平时回家都自己走吗?"林立问我。

这不是明知故问么,我心里那个小人儿把眼珠子翻到了后脑勺。

"有时候和同学一起走。"

"得了吧,不就是穆沐嘛,我都看见好几次了。"林立毫不留情地揭穿了我。

"老师您不用担心了,穆沐要转学了。"我无精打采地对林立说。

"转学?"林立惊讶地说,"好好的为什么要转学呢?"

我摇了摇头,不忍心说出那天看到穆沐的妈妈这件事。

"如果是因为考试这件事,就太可惜了。"林立愧疚地说。

"林老师,成绩不好真的不代表这个人就是坏孩子。"

我忽略了林立语气中的愧疚，不计后果地甩出来这样一句话。

"我知道，但我得对你们负责，我也不知道怎么一回事儿。"林立自顾自地说了起来，又不好意思地揉了揉脑袋后面的头发，"可是咱们班跟8班比，始终还是差那么一点。"

"差什么呢？"我还是没弄清楚这跟穆沐有什么关系。

"这个连我自己都搞不清楚。一开始我觉得你们每个人是不同的，但又都是平等的，我总想用一些不一样的方式来带咱们班，可是时间长了我发现，似乎还是传统教学更有效，毕竟你们面对的路只有一条，那就是高考。"

"可是林老师，您真的觉得穆沐成绩不好，所以就是坏小孩吗？"

"当然不是。"林立毫不犹豫地说，"这也正是我犯过最大的错误。有的人去研究科学，有的人去创造美，这本来就是生活的常态。只是我生怕出错耽误了你们，有时候那些'经验之谈'反倒成了矫枉过正。"

"那为什么……"我话到嘴边又咽了下去，反倒让气氛变得紧张而尴尬。

"晓唐你知道吗，我有时候也想要和其他老师一样，也会被其他老师影响，变得有点……用你们私下的话说叫不近人情。"

我不好意思地笑了，原来林立知道我们私下都怎么说他。

"但是，"林立说，"我从不认为穆沐同学是个'坏人'。在我眼里，她跟你，跟蒋正则一样，都是我的学生，只不过追求的方向不一样罢了。"

"林老师，那历史考试的事情……"

"那天你一走，我就和其他老师都说了，相信你们两个都没有作弊。"林立说，"只是这话我不能当着我的学生说啊。"

"为什么啊？"

"我可不想让我的学生看到我被其他老师质疑的样子，我可是立哥啊。"林立又变成了那个跟我们演话剧，打篮球，运动会比谁都积极的大男孩，"回头你再去跟宋彬、蒋正则说什么'林老师说话都没人相信'，这让我以后怎么管你们。"

我笑了，原来林立和我们一样，有着各种不大不小的烦恼，也会犯错会动摇，会担心没法融入那个复杂而又向往的群体，面对信任会莫名地紧张，而面对怀疑却毫不犹豫地选择坚信。其实我们每个人，都在经历一个不断动摇又不断坚持的过程，而这个过程，就是长大。

"其实直到穆沐来办公室找我，说想要跟你看齐时，我才意识到人确实会被影响，可从来都没有哪条规定说过，人一定是会被影响得更糟啊。"

"林老师，"我认真地抬头看着他，"谢谢您。"

"真的谢谢我那就加把劲,把数学成绩提上来。"林立又变成了那个"不可爱"的班主任,"晓唐的目标是哪个大学啊……"

话还没说完,林立的电话响了,我赶忙松了一口气,我还不想在说服我爸之前和林立说想要考戏剧学院的事情。

"晓唐,你放学之后见过赵维维没有?"林立匆忙挂了电话,神色紧张地问我。

"没有啊,赵维维这几天走得都特别晚。"我想了想跟林立说,感觉像是爱丽丝掉进了没有尽头的兔子洞,不知道前方会发生什么。

"赵维维的妈妈刚才打电话说没在学校接到她。"林立开始着急了,一遍遍地给赵维维打电话,却怎么都没人接。"

就在这时,我的手机响了,是萧湘子。

"晓唐,你见到赵维维了吗?"萧湘子上来就问。

"没有啊。"我也有些着急了,"到底怎么回事儿啊?"

"本来约好今天晚上去她家学习的,但是我去了她家听阿姨说,维维根本没回来。"萧湘子前言不搭后语地说,"可是我今天去孟老师办公室问题,是全班最后一个走的,教室早没人了。你说她家租的房子就在学校旁边,她能去哪儿啊,这可是冬天啊。"

"你在哪儿呢?"

"我在学校呢,宋彬说再来学校看看。"

"林老师,要不咱们也去学校找找吧。"我对林立说。他始终没有打通赵维维的电话。

"行,应该就在学校附近。"林立点了点头,"骑你的车子吧,快一点。"

现在是寒假补课时期,校门关得特别早,我从后座跳下来的时候,就看见宋彬、萧湘子和1班的林思达都在学校门口向里面无可奈何地张望着。

"林老师,我们进不去。"萧湘子跑来着急地跟林立说。

"我去和张大爷说。"林立看上去比我们谁都紧张,从张大爷那里拿到一大串钥匙后就往楼里跑。

整个教学楼里空无一人,我一遍遍地打赵维维的手机,却始终没有人接。

"怎么办啊林老师,都这么晚了,维维能去哪儿啊?"萧湘子眼看都要哭了。

"倒不如问问赵维维的妈妈,说不定她已经回去了。"林思达建议道,一边握了握萧湘子的手。

"我来打我来打。"宋彬赶紧拿出手机。挂了电话之后他摇了摇头,浇灭了所有人的希望。

"赵维维最近有没有什么不一样的表现?"林立皱着眉头问。

我忽然想到那天我和萧湘子看到赵维维哭着跑进了卫生间，当时刚刚出了期末考试成绩，赵维维自从分了文理班就开始只退不进，期末时候大概只排到了四十多名，这个成绩只是一本的边缘。

"我觉得赵维维给自己压力太大了。"宋彬一针见血地说，"从寒假补课开始，我感觉她每天都是最早来最晚走的。"

"嗯，赵维维同学真的很努力。"林立点了点头，若有所思地说，"所以这次成绩方面不理想，她应该很受打击。"

我眼前浮现起了军训时的那天晚上，赵维维坐在操场上对我们说为了她上学，她们全家在学校附近租房子住的事情。

小孩子哪里想努力，不过是不想让大人失望罢了。

"成绩这个事情，也不是一天两天就能提上来的。"林立一紧张就爱揉头发，现在看上去活像一只受惊了的刺猬。

"林老师，要不咱们报警吧。"萧湘子声音颤抖地说。

这时林立好像想起来了什么，对我们说："走，去体育馆。"

宋彬一拍脑门说："还真把体育馆漏了。"

话音未落，就看见林立已经拿着外套跑了出去。

跑向体育馆的时候，我想起了赵维维在运动会上神采飞扬的样子，林立记得我们每一个人的骄傲，也记得我们每一个人的惶恐，只是我从来都不知道，自己到底能不能成为他的骄傲。

关掉了暖气的体育馆异常的冷，我和萧湘子忍不住打了几个寒战，把手伸进了羽绒服的口袋里。林立哆哆嗦嗦地打开了体育馆的大门，当宋彬拉开电闸的那一刹那，我们才看清了自己的呼吸。

"赵维维，听见我们说话了吗？"林立大声喊道。

远处传来了微弱的啜泣声。

"维维，可算找到你了。"萧湘子第一个冲了上去，却发现田径馆的门从外面锁上了，"林老师，这边。"

林立翻了半天，发现唯独缺这把钥匙。

"我们去管张大爷要。"宋彬和林思达头也不回地冲了出去。

我踮起脚透过门上的玻璃使劲儿向下看，看到赵维维瑟缩在门的旁边，穿着一件单薄的黑色运动衣。"能听见老师说话吗？"林立着急地拍着门。

门里的女孩子不说话，只是用时不时的啜泣声一点点地敲击着挫败与沉默。

"维维你说话啊。"萧湘子急得直掉眼泪，"我们都快把学校翻遍了。"

"你们没找到我该多好啊。"赵维维说，"我太累了。"

我从没意识到，平时那个爱笑的赵维维，那个在运动场上奔跑的赵维维,已经太久没有出现在我的世界里。考试最残忍的莫过于万里行军最终却只能单刀赴会。

"累了就歇一歇再跑吧。"林立靠着门坐了下来,"学习跟跑步也是一样的。"

"可是学习也跟跑步一样,停下来就会掉队啊。"赵维维一边哭一边说,"我不想坚持了。"

"可不一样的是,有这么多人陪着你呢。仔细想想,一年之后全国这么多的同学们在同一个时间里为了同一个目标努力,这不是一件很酷的事情吗?"

"可是如果我输了呢?"

"那什么是赢呢?"林立反问道。

"这件事情,本来就没有输赢的。"林立接着说,"如果非要说赢的话,不让自己后悔,那就都算是赢了。"

就在这时,宋彬和林思达跑了回来,跟在他们后面的还有赵维维的妈妈。

林立接过钥匙打开了门,赵维维始终蹲在地上没有站起来。林立伸出手把她拉了起来,又把大衣披在了赵维维的身上。

"回去和妈妈好好聊聊。"林立拍了拍赵维维的肩,"学习嘛,别给自己太多压力,有我呢。"

"有些时候我真的不知道,我们这压力是高考给的,还是父母给的。"林思达看着赵维维母女的背影摇了摇头。

"你怎么在这儿啊?"林立这才看到林思达,"你不是理科班的吗?"

"我,我路过。"林思达辩解道。

"行了行了,都别耽误学习啊。"林立一副过来人的样子,"你,"林立指了指林思达,"负责把萧湘子同学送回去。"

晚上睡觉时,我做了一个奇怪的梦,梦里的我划着小学郊游时的小船原地打转,眼看着萧湘子和林思达划了过去,蒋正则也划了过去,他们在前面喊我让我快一点,我却一点办法都没有。陆悠鸣伸出手,想要拉我一把,我却怎么都够不到他的手。就这样眼看着他们上了岸,把我一个人留在了湖的另一端。

当我挣扎着醒来时,发现已经快七点了,于是又把自行车踩成了风火轮,终于赶着上课铃进了教室。进了教室才发现不对,讲台上站着的是张老师。我抬头看了一眼课表,悄悄问蒋正则:

"第一节课不是地理么?"

"林立今天没来,好像生病了。"蒋正则说。

"我觉得他应该是昨天晚上冻感冒了吧。"萧湘子从前面回过头小声说,没注意到赵维维在座位上动了动。

"晓唐,我听说你想考戏剧学院?"宋彬下课之后凑过来说。

"你听谁说的啊?"我回头瞥了蒋正则一眼。

"哎哟,陆太太,天地良心,可不是我说的啊。"蒋正则赶忙辩解道。

"什么陆太太,我还王雪琴呢。"我嘴上这么说,心里却不知道为什么还有点莫名其妙的期待。

"我说晓唐,你考个中文系吧。戏剧学院,太冒险了吧。"宋彬一副大管家的模样,"又不是当演员,中文系也能搞创作嘛。"

我装作不在意,心里却想起了我爸那天打我时说的话。明年的这个时候,在我的伙伴们千里行军的紧要关头,我却要选择一条连我自己都不知是通往康庄大道还是万丈深渊的岔路。

"行了行了,你还是赶紧收团费吧。"赵维维把一沓零钱递给了宋彬,"晓唐、萧湘子,你俩去卫生间吗?"

"不去……"我实话实说。

"干吗不去啊。"赵维维拉着我俩就往外跑,一口气跑到了天台上。

"我说怎么每次你说去卫生间,都是干别的啊。"我气喘吁吁地说,"从军训开始就这样。"

"你们说,林立是不是因为我感冒了啊。"赵维维完全没理会我的抱怨。

"那肯定是啊。"萧湘子说,"你没见他衣服都给你了。"

赵维维听了这话忽然愧疚了起来，"这可怎么办啊？"

"办法就一个……好好努力，把成绩提上来。"萧湘子一语中的。

"我其实真的挺用功的，但是没办法。"赵维维说，"有些时候感觉挺对不起林立的。"

"谁说不是呢，我妈说了，给她钱她都不愿意当班主任，太操心了。"萧湘子赞同道。

"其实我也挺对不起林立的。"我想到了我那不堪回首的数学成绩，拍了拍赵维维的肩，一副患难与共的样子。

"我觉得吧，如果他是我哥哥就好了。"赵维维若有所思地说。

"晓唐，你和维维也是独生女吧？"萧湘子问道。

"是啊，所以我有些时候，好想要一个哥哥啊。"赵维维趴在天台的围栏上看着操场上零零散散的同学们，"晓唐，你呢？"

"我，我还行。"我不想要哥哥，但我也不想让人知道我马上要有一个小弟弟或者小妹妹了。

"我一直都羡慕有兄弟姐妹的人，你看程云霄学姐和她哥，多好啊。"萧湘子又提到了她的偶像，"学习又好，长得又漂亮，还有一个体育那么好的哥哥可以保护她。"

"嗯，是啊。"我敷衍地应和了一句，脑海里挥之不去的却是程云霄坐在操场看台上，欲言又止的那张失落的脸。

"你们说，林立结没结婚啊?"赵维维问。

"这可就不知道了。"萧湘子看了看表，"走吧，上课了。"

"我感觉他没。"赵维维匆匆总结道，"晓唐你觉得呢?"

"我也觉得他没。"我不假思索地说。

"哎，后天就放假了。"一回班就看见宋彬在我的座位上坐着和蒋正则说话，"咱们明天放学去看看林立吧。"

"行啊，我没意见。"蒋正则点点头，"晓唐去吗?"

"当然去。"我用手指戳了戳宋彬的肩膀，他完全没有要走的意思。

"带我一个，带我一个。"赵维维听到这话赶忙凑了过来。

"那行，那明天放学之后咱们一起去林立家，别忘了啊。"宋彬说。

"哎，晓唐。"蒋正则趁着上课铃响匆匆地说，"我怎么觉得赵维维怪怪的呢?"

"怎么怪了?"

"持续性低迷，间歇性亢奋。"

"这就是少女啊。"我故作深沉地摇了摇头，"被成绩困扰的少女。"

中午放学的时候，我和穆沐走到校门口，发现门口贴了一张喜报，下面挤满了人。

"这是什么啊?"穆沐一边问我一边踮着脚看,"估计是高三谁被保送了吧。"

我也抬起头,努力地找寻着我想要看到的名字,却无论如何都找不到。上面都是老师上课时津津乐道的名字,除了程云霄。

"哎,晓唐你看,有程云皓哎!"穆沐指着那张名单靠下的位置说。

我站在人群的最后踮着脚张望着,程云皓的名字清晰地印在上面,旁边依然是那张倔强的少年面庞,就像是从未经历过这次漫长的洗礼。

"是不是觉得我特帅。"

我回过头,看着照片里的少年就在我身后,穿着一件黑色的阿迪达斯运动羽绒服,深蓝色的校服裤脚塞进球鞋里,他比之前瘦了。

"好久不见啊。"

"之前一直训练、比赛什么的,现在可算能歇会儿啦。"程云皓轻描淡写地说,好像刚参加完校运会一样。

"恭喜你啊,学长。"我由衷地说,极力抑制住想问程云霄学姐情况的心情。

"我听说选拔通过了,就算是一只脚踏进名校大门了。"穆沐也迫不及待地确认道,就像马上要上小学的小孩子一样。

"这倒没有。"程云皓不好意思地抓了抓耳朵,"文化课得过分数线才行。"

"你肯定没问题的。"穆沐一脸崇拜地说,"程云霄学姐那么聪明……"

程云皓的表情忽然僵了一下,又很快地恢复了本来的模样,笑着说:"那借你吉言咯。"

我赶忙打断穆沐,拉着她出了校门。

第二天下午一放学,我们就在宋彬的带领下,浩浩荡荡地往林立家走去。

"我说,空着手去多不好啊。"赵维维对宋彬说,"咱们总得买点什么吧。"

"这倒是,可是买什么啊?"宋彬犯了难。

"林老师喜欢吃那种青苹果,我见他办公室桌子总有。"赵维维加快了语速,"还有还有,他有次上课跟我们说过啊,他喜欢吃提子,讲农业区位选址的时候说的,还有……"

"行啊你,听得挺认真啊。"宋彬一副取笑的样子。

"你,你买不买啊。"赵维维大声说,"你看看这都几点了。"

"好好好,那就去学校旁边那个水果店买吧。"赵维维这么一提醒,宋彬又恢复了大班长的样子。

当我们提着水果敲开林立家门的时候，开门的不是林立，是一个头发长长的，穿着浅灰色粗线毛衣的大姐姐。

"您好，这是林老师家吗？我们是林老师的学生。"宋彬边说边打量着眼前的漂亮姐姐。

"林立的学生啊，快进来吧。"漂亮姐姐一听是林立的学生，赶忙招呼我们进去，路过姐姐身边时，我闻到了她身上有一种好闻的味道。

"行啊立哥，挺受学生欢迎啊。"漂亮姐姐说着拿起桌子上的苹果继续削了起来。

"给大家介绍一下啊，这是我女朋友。"林立又不好意思地揉了揉后脑勺上的头发，他穿着一件米色的卫衣，依然好看得像是聚集了这个季节南回归线上的阳光。

赵维维不动声色地把手里那只擦了无数遍的苹果放回了塑料袋里，静静地坐在我和蒋正则的中间，像个忽然长大了的姑娘。

"我以前大学时候冬天打篮球，就穿这么点儿也没事儿。"林立边给我们倒水边问，"咱班同学都怎么样，新练习册发了吗？"

"发了发了，立哥你放心，咱班同学听说你病了都可担心了。"宋彬赶忙说。

"我这病来得太不是时候了，让大家担心了。"林立笑了，眼睛下面泛着一轮阴影。

"给你。"漂亮姐姐把苹果切成两半,一半递给了我,一半递给了赵维维。

赵维维迟疑了一下,慌慌张张地接过了苹果。

"立哥生病的时候对我说得最多的就是'我们班这帮孩子怎么办啊'。"漂亮姐姐笑着说,"他第一次当班主任,别提多紧张了。"

我一直以为林立喜欢的会是那种安静的女孩儿,怎么说来着,互补型的。可是眼前的这个姐姐,却几乎就是另一个林立,高高瘦瘦,活泼开朗,像是冷锋过境后凉爽的天气,也像反气旋之下的雨过天晴。

我们在林立家待了一个多小时,漂亮姐姐执意要留大家吃饭,我们却实在不愿意打扰还在病中的立哥。出了家门,我们就兵分两路,各自向家里走去。

"维维,你还好吧。"我问了问从进了门就始终一言不发的赵维维。

"我挺好的啊。"赵维维说,"就是我以为只有我们叫他立哥,只有我记得他喜欢吃什么而已。"

part 13

如果
与世界和解就好了

×

新年之前,我们都会许下很多触手可及又无关紧要的心愿。

如果个子再高一点就好了。

如果你懂我就好了。

如果成绩再好一点就好了。

如果你先联系我就好了。

如果不用转学就好了……

而这无数个"如果……就好了",支撑着我们每一个人,或是欢欣鼓舞或是惴惴不安地奔向我们永远都无法重新来过的青春,而这段青春里,全都是野心,也全都是软肋。

我一向都是一个眼泪很不值钱的人,听到穆沐转学我会哭，听到程云霄学姐没考上自主招生我也会哭，一边说着每个人都要追求梦想，看到陆悠鸣背单词的时候却还是忍不住红了眼眶。

"怎么又哭了？"

"没哭啊，眼睛疼。"我回过神赶紧用袖子擦了擦眼睛。

"给我看看你答得怎么样了！"我俩异口同声地说。

我和陆悠鸣每天给对方出一页题，他出数学，我出英语，做完之后再换回来对答案，这个方法十分有效，也十分残忍，我就这样眼瞅着陆悠鸣的英语像坐着运载火箭一样地前行，而我却是运载火箭里最先被丢弃在太空的那一截。

"你笨啊！"陆悠鸣气急败坏地拍着那张A4纸，"这可是我精心为你准备的题目，你看看你做的。"

"不就是错了这么两个题吗。"我狡辩，"人都有犯错的时候啊。"

"你就想这是高考。"陆悠鸣一转身又变成了苦口婆心的数学老师。

"怪就怪你这个题，怎么所有的都是求坐标啊。"我泄气地说，"还是一问跟一问连着的，错一个后面就跟着都错了。"

"你把错了的再算一遍。"陆悠鸣说，"我用红笔圈出来了。"

我接过去一看，一共十道题，从第七道就开始错了，只好从头算起。当陆悠鸣背完一整页单词的时候，我把改好的答案推到他面前。

"这次还不错。"陆悠鸣点点头，"是不是特佩服我出的这题目？"

"嗯，佩服你。"我无可奈何地说，"全世界只有你能想出这么变态的十连环平面直角坐标系。"

"这可不是一般的坐标系，好不好。"陆悠鸣一脸认真地对我说，"这里面可是有门道的，你看没看出来？"

我摇摇头，从他小学跟我神秘兮兮地讲鸡兔同笼开始，我就预设了这样一副得了二十一三体综合征的表情。

"你把这十个得数在坐标上标出来。"陆悠鸣跃跃欲试地说，恨不得替我赶紧做完。

我找了一张新草稿纸，在上面把每个得数都标了出来，还没标到最后一个点时，我脱口而出：

"哦，钻石形的。"

"笨死你算了。"陆悠鸣指着零坐标的地方说，"这明明连起来是个心形。"

我看着他愣了两秒。

"怎么了，不像么？"陆悠鸣急忙说，"我还让陈晨也做了一遍呢。"

"像，怎么不像。"我拿过那张纸，认真地折起来夹进笔记本里，发誓以后要好好学数学。

"哟，晓唐也在啊。"我回过头，是程云皓。

"学长来复习啊。"在图书馆看到程云皓，我觉得惊讶极了。

"是啊，文化课也得过线啊。"程云皓跟我说着话，眼睛却瞟向了我对面坐着的陆悠鸣，正要开口跟他说些什么，却又忍住了。

我回过头，刚才骄傲地展示着数学题的少年低着头认真地在习题集上写写画画，不知道什么时候还戴上了耳机。

"好好学习啊。"程云皓一脸坏笑地拍拍我的肩扬长而去，还随手塞给我两颗巧克力。

我扔了一颗到陆悠鸣的眼前，顺便扒开了自己的那一颗，他这才像是刚刚察觉到一样地抬起了头，装模作样地打了一个哈欠。

"学长给的。"我指了指桌子，"人家是田径运动员，篮球打得也特好。"

"这可真够新鲜的啊。"陆悠鸣拿下耳机看着我小声问道，"人家体育这么好，跟你完全不搭界啊，李晓唐同学，怎么认识的?"

"就那么认识的呗。"我喜欢看陆悠鸣那种得不到答案时气急败坏的表情，"怎么了?"

"哦，没什么，我就随口问问。"陆悠鸣漫不经心地说，又翻开了新的一页试题，写着写着忽然问我，"你家前面那个体育商店还开门吗？"

"开啊，你要买什么？"

"我就看看新的足球鞋。"陆悠鸣边做题边说。

自习结束后，我和陆悠鸣在体育商店的门口道了别，刚过了十字路口就看到了穆沐背着画板从人群里向我的方向走来，我总是能一眼就认出她来的。

"你能陪我去买颜料吗？"穆沐指了指我刚刚走过的那条路，"不远。"

走过体育商店的时候，我下意识地向里面张望了一下，恰好看到陆悠鸣拎着一个袋子走了出来，和我们打了个照面。

穆沐看了看陆悠鸣手里的袋子说："买篮球啦，天才陆？"

"足球鞋没新款，我就随便买了个篮球。"陆悠鸣狡辩道，"我走了，找陈晨打篮球去，我俩每周都打呢。"

我看着他把篮球绑在车把上，消失在了十字路口的另一头，突然想跳上他的后座，拽着他的衣角走向一段永远都没有尽头的旅程。

"你俩到底什么时候能修成正果啊？"穆沐问道。

"等我变得足够好的时候。"我轻轻地说。

美术商店还是和上次我陪穆沐来时一样，各种尺寸的画纸堆到了天花板上,塑料瓶子里的颜料也按照色谱排成了彩虹的形状。店老板是一个大姐姐,总是在写写画画的,膝头也总是蹲着一只懒洋洋的黄猫。正是美术生联考的时节,店里贴着一张海报,印着联考必备画具的套装图样。两个背着画板的同学在议论什么只要把一瓶颜料留到考场,就能考上想去的大学。我心里暗自想着,明年要送一套给穆沐,不论她是不是还在育文念书,也不论我能不能坚持自己的梦想。

就在我把玩着一盒盒颜料的时候,门开了,一个熟悉的声音说道:

"老板,一盒樱花固体水彩。"

我顺着声音看过去,程云霄就站在门口,围着一条大大的粗线围巾,眼镜上面蒙了一层薄薄的雾气,连带着呼吸,给她原本清瘦的脸罩上了一层温柔的光晕。

"学姐。"我急忙跑了过去,生怕错过了这一次,就只能开学才可以远远地看见她。

"是晓唐啊。"程云霄轻轻地咳嗽了一声,颧骨的红晕更加凸显了她的苍白。听萧湘子说,程云霄在考试的时候生了病,所以才发挥失常,错过了保送的机会。

"姐姐你生病了吗?"穆沐也关切地问道。

程云霄摇摇头,"就快好起来了,我偷偷从家里跑出来的。"

我看着她吐了吐舌头，丝毫没有被考试的事情影响，也放心了不少。

"姐姐你也画画吗？"穆沐看到程云霄手里的那盒水彩赶忙问。

"嗯，小时候学过，从初中开始就不学了。他们都说明明可以考第一名，没必要学画画了。不过这样也好，毕竟我也不是那种天赋异禀的人。"程云霄看着门口贴着的一个画展的海报，最下面写着一句话："每个人心中都有一团火，而路过的人却只看到烟。"

如愿以偿才能心安理得地挑战世界，事与愿违就只能愿赌服输地与世界和解。

与其说愿赌服输，倒不如说是假装投降罢了。

"学姐你要赶快好起来啊。"穆沐真诚地说。

"嗯，放心吧。"程云霄笑了笑，就出了美术商店，走向了相反的方向。

就在这时，手机上来了一条短信，是我爸：

"小年夜回来吃饭吧。"

我迟疑了一下，还是选择了与现实和解。

就在我要去我爸那边的时候，穆沐打来电话说她不会转学了，会一直待在育文直到毕业。

"我希望我，我爸和我妈，都能分别过上最好的日子。"穆沐说。

"一定会的,我保证。"按了发送键之后,我敲开了那扇曾经哭着跑出去的门。

开门的是我爸,他愣了一下说:

"快进来吧,外边儿冷。"

我坐在新的沙发上,看着我爸在厨房里进进出出地做着饭,冯阿姨肚子里的小宝宝也在渐渐长大,家里的窗帘是我之前没见过的图案,墙上挂着的是我爸和冯阿姨一家的照片。忽然想到了穆沐的话:"我希望我们三个人,都能分别过上最好的日子。"

我打开手机,登上QQ之后在和我妈的对话框里写了一句"妈妈,我想你了",又一个字一个字地删除,转过头去仔细看起了墙上的照片。人总是会遗忘不开心的事情,也总是会回忆幸福的事情,而有些漏网之鱼,回想起来却让快乐更加快乐,也让悲伤更加悲伤。

"晓唐快来,给你买了新外套。"冯阿姨挺着肚子拿出了一个纸袋,是我之前就喜欢的一个牌子。

这时我爸也进来了,看着我和冯阿姨一边试衣服,一边聊天。

"阿姨给你拿橘子去。"冯阿姨说着就向厨房走去。留我和我爸两个人在客厅。

我们都坐在沙发上,有一搭没一搭地看着广告,老版三国里面演诸葛亮的叔叔穿着一身儿红唐装连着拜了三次年，我们也没说一句话，总归还是有些尴尬。

"姥姥身体怎么样了？"我爸问道。

"挺好的。"我笑了笑，眼睛依然盯着电视，现在播的是小年夜慰问孤寡老人的节目。

"听说育文高三会考又是第一名啊。"

"应该是吧。"我点了点头，"听同学说挺不错的。"

"来，吃橘子。"我爸把手里剥好的橘子递给我。我们都悄悄地松了一口气，其实我还是像我爸，越是亲近的人，越没法讲真话，时间长了，亲近也就成了寒暄。

"这学期期末没开家长会吗？"我爸问道。

"哦，林老师生病了，我们班就没开。"我不假思索地把来的路上就演练好的台词一股脑儿地说了出来，林老师病了没错，但家长会还是照常开的，只是我自作主张地把这一切隐瞒了起来。

"没事儿，没开就没开吧，爸爸对你成绩一直有信心。"

"哦，对了。"我拉过书包，掏出了一张成绩单递给他，"期末的成绩单。"

拜陆悠鸣与出题老师所赐，我终于拿到了一个还算体面的数学成绩，得以让我在成绩单上的数学排名看着没那么丢脸。

"哟，进步了。"我就知道我爸喜欢看这个，他从不愿承认自己输，当然也不愿意看到自己家的小孩输。

"晓唐一直都学习好。"冯阿姨附和道。

"随我。"我爸简短地回答道。

老人们总有个说法，长得像谁就跟谁亲，而我恰好就是那个跟谁都不像的小孩儿。小时候的我曾经一度认为就是因为这个原因，我才只好独自一人生活在姥姥家的，归根结底都是自己的错。偶然有亲戚说我随我爸或者随我妈的时候，我都高兴得不得了。直到后来，明白了什么叫寒暄，也渐渐明白了其实谁都没有错，我们总要面对一些不得不接受的失去。

"你看，女孩儿就应该学文科。"我爸一边指着成绩单上的几个数字一边和冯阿姨说，"当年我就跟你说过，晓唐学理科吃亏，你看这下选对了吧。"

听到这句话我心里忽然觉得很不是滋味，我一直以为我爸看到的是我的野心，但实际上他看到的只是我的软肋。但我没再说些什么，这时的任何反驳都会破坏刚刚修补好的亲情。

刚吃完饭，我的手机上就来了一条短信，是程云皓。

"文综笔记借我呗。"

守着准状元还借我的笔记，我心里想着，却还是回复了一条"好的"。

"晓唐，你想要小弟弟还是小妹妹啊？"冯阿姨问我。

我总有一种错觉,在冯阿姨眼里,我的年龄永远停留在了小学升初中的阶段,始终是个小孩儿。

"嗯,小妹妹吧。"我合上手机认真地说,"小弟弟不好打扮。"

冯阿姨笑了,"我也想再要个女孩儿,但是你爸总觉得是男孩。"

"哎,这你就不懂了,一儿一女,这不就是个'好'嘛。"我爸赶忙在一旁解释道,"不是老思想。男孩女孩都一样……"

后面的话我一个字都没听进去,只是假装不在乎地又打开手机,有一搭没一搭地跟穆沐说着上周新买的电子手表。其实我根本不在乎是男孩还是女孩,但如果非要选一个,我情愿有个小妹妹,这样就能继续假装不知道我爸究竟多想有一个儿子了。有时候自欺欺人并不是一件那么坏的事情。

小年过后的第二天,我就抱着一摞笔记本去了市图书馆。图书馆没什么人,用林立的话说就是"越到过年心越散",而我恰好就是林立说的"心散大军"里的一员。所以当我见到程云皓站在图书馆的走廊上背着历史的时候,心里那个小人不禁膝盖一软,扑通一声跪了下去。

"这么用功啊。"我把笔记递给他,看着他崭新的课本上勾勒出的痕迹与大片的空白。

"就随便看看而已。"程云皓装出一副无所谓的样子,"反正我不太在意成绩。"

在这点上,程云皓像极了曾经那个倔强的我。初中时候为了一个演讲比赛,我练了整整一个月,最后和陈晨一起拿了一等奖。却总在别人问起来的时候不由自主地说:"就随便讲讲而已。"我们都曾经倔强地认为幸运是落在天赋的头上,却忽略了成功永远只站在努力的肩膀。

"明年这时候你就是大学生了。"我对他说。

"只不过是换一个地方训练而已。"程云皓伸了个懒腰,"对我来说都没差别的。我爸妈大概也无所谓,他们的希望都在程云霄身上呢。"

"学姐她还好吧?"我想到了上次在美术商店时她的样子,眼镜后面是温柔却又忧伤的湖水。

"不知道,也懒得问。"程云皓摇了摇头,继续低着头在课本上标记着,过了一会儿他忽然抬头问我,"你想过有一个弟弟妹妹吗?"

我迟疑了一下,还是点了点头。

"真羡慕你们啊,我从小就生活在她的监视里。"程云皓飞快地转着一支笔,"总是告状,又总是跟着我,就连我训练都能看到她在监视我,这世界上我最讨厌的人就是她。"

"其实不是你想的那样的。"我赶忙替学姐辩解道。

"也对，你们都是好学生。"程云皓说，"我妈就喜欢好学生。"

"其实学姐不是在监视你的。"我赶忙解释道，"她说她一直都崇拜你。"

"崇拜我?"程云皓放下笔低头看着我。

"嗯，她说她想像你一样，坚持做自己喜欢的事情。"我点点头，无比确信地对他说。

"她喜欢的就是学习吧，考第一名。"

"她比你想的要好得多呢。"我补充道。

"晓唐，说真的我还挺喜欢你的。"程云皓说这句话的时候，像极了他妹妹曾经对我说这句话的样子。

"嗯?"

"你可别想歪了啊。"程云皓连忙摆手，"我就是觉得，你明明也是实验班的，却跟那些实验班的好学生不一样。你不会根据成绩来判断一个人……"

"晓唐。"

走廊的另一头传来一个再熟悉不过的声音，是陆悠鸣。他穿着一件运动羽绒服，戴着眼镜，书包斜背着，右手提着那只新买的篮球。

"快去啊，你小男朋友来了。"程云皓逗我。

我拘谨地冲着陆悠鸣笑了笑，他却越过我，眯着眼睛看着我后面的程云皓。

"哟，喜欢打篮球啊。"程云皓看见篮球眼睛一亮，傻呵呵地冲着陆悠鸣笑了，"上完自习打一场？"

　　"你不是喜欢踢足球吗？怎么又打起篮球了。"我以为自己的记忆出现了偏差。

　　"我没事儿的时候就打篮球，从小就打。"陆悠鸣赶忙对我说，眼睛却还是看着程云皓。

　　"这样吧，我快高考了，等我考完试咱们打几场，就去以前咱们小区那边儿。"程云皓把课本收进书包，冲我眨眨眼，就离开了图书馆。

　　"其实打篮球吧……"

　　"相比于打篮球，我还是对足球兴趣更多一点呢。"我轻轻地说，看着陆悠鸣眼里的紧张渐渐消散开来。

　　"过完年你来自习吗？"陆悠鸣问。

　　"嗯，来。"我点点头，"还是下午两点，怎么样。"

　　"我可能不能来了。"陆悠鸣慢慢地说，"我妈让我现在就准备考英语呢。"

　　"要加油啊。"我故作镇定地拍了拍他的肩膀，心里却失落得不得了。

　　"我考完就告诉你。"陆悠鸣说，"怎么着我还得监督你学数学呢，没有我你可怎么办啊。"

　　我冲着他做了一个鬼脸。说真的，我从没想过如果把他从我的记忆里抽离出来，现在的李晓唐会是什么样子。

他认真学习的时候，从不服输的时候，帮我整理好书包的时候，从阳光里向我走来的时候，就这样一点点刻进了我记忆的沟壑里，变成了我最想成为的样子。

"如果我遇到不会的题怎么办啊？"我问道。

"念咒语啊。"

"什么咒语啊？"

"奇变偶不变，符号看象限。"陆悠鸣一脸认真地说。

"这算什么咒语。"我假装生气却被他抓住了左手，在掌心里用中性笔写了一个"π"。

"我把每天都不一样的世界全送给你。"陆悠鸣说着，合上了我的掌心。

就在这时，我收到了程云霄发来的短信：

"我哥莫名其妙地给我买了新颜料。"

我们最终还是要同这个世界一起，经历一场漫长而又温柔的和解。

part 14

如果
是小妹妹就好了

×

就像是陆悠鸣说的，这个世界不过只是我掌心里的那个数字，绵长却又无序，永远不知道会发生什么。温度一点点地升高，白昼一天天地变长，在人造卫星与月球第一次相遇的那天，我爸跟我说："再过不久，你就要有一个小弟弟了。"

"如果是小妹妹就好了。"我心里想着。

不知道从什么时候起，我已经默默接受了这个即将到来的小朋友，又或者说姗姗来迟的小朋友。九岁那年冯阿姨第一次带我出去，邻居阿姨忽然对我说："你阿姨再要一个小弟弟，就不喜欢你了怎么办？"我假装无所谓的样子，却辗转地度过了无数个漫长的夜晚。

对我而言，喜欢我或是不喜欢我，都是没什么意义的事情，我似乎天生有一种接受这些事实的能力。真正让我惶恐的，是这个小朋友的到来会不会破坏我和我爸之间那种脆弱而又疏离的感情。这种感情就好比是让自尊和亲情打一场架，再坐下来心怀鬼胎地把酒言欢，谁都不知道下一次还会怎样。

"如果你有个小弟弟怎么办？"我在回家的路上问穆沐。

"把我的东西都锁起来。"穆沐不假思索地说。

"你会喜欢他吗？"我无精打采地问。

"大概会吧。"穆沐这回想了想，说，"除了血缘，其他都会变的。"

可是如果能选择，我还是希望这个小朋友来得越晚越好。他一定不知道，这个全世界唯一能和他共享一份亲情的大姐姐，因为他的到来，惶恐了几乎大半个青春。

"可是晓唐，我总觉得你会喜欢他的。"穆沐对我说。

"总结一下咱班这次月考。"张老师拿着考卷进了班，"其他都还不错，但是《赤壁赋》的默写，怎么谁都写不出来呢？"

全班同学七嘴八舌地议论着，我却满脑子想着小弟弟还是小妹妹的事情，一点都不关注到底是什么没默写出来。

"考试之前还专门把这次的背诵范围告诉了课代表，你们这样会被8班超过去的。"张老师失望地说。

我这才意识到自己犯了一个多么大的错，赶忙站起来道歉。

"你这课代表也太不负责任了。"李萌不满地说。

"小测验而已，又不是高考。"宋彬安慰我说。

"行了行了。"张老师摆摆手示意我坐下，"以后注意就行了，那周六周日背诵吧，下周一来了咱们班内检查。"

我满脸通红地坐了下来，蒋正则拍了拍我的肩，我充满歉意地笑了笑，无论如何都没法再高兴起来。"晓唐，你最近怎么心不在焉的?"蒋公子下课之后问我。

我摇了摇头，看着教室里活动的身影发着呆。

"你爸不同意你考戏剧学院?"萧湘子试探地问。

"你们说，忽然有了个小弟弟或者小妹妹怎么办?"

"那多好啊!"赵维维说，"我从小就跟我爸妈说再给我生个小妹妹，但是我妈总说，生我一个还养不起呢，哪有功夫再要一个。"

"何况也要不了啊，这要罚款的，搞不好工作都没了。"萧湘子补充道。

"不过我们都这么大了，很少有家里再要小孩的吧。"赵维维说，"难道你妈妈要生小孩了?"

"我就随便问问而已。"我吞吞吐吐地说，"好奇罢了。"

"如果让我选，我还是要小妹妹，男孩太难弄了。"赵维维说，"我自己也是，我也希望自己能生女孩子，到时候你俩做干妈啊。"

我和萧湘子马上点头答应。就在这时,宋彬跑过来对我说:

"晓唐,立哥让你去他办公室。"

又是办公室。

我推开门,看到程云霄学姐也在办公室,她冲我摆摆手,看起来精神比之前好很多。我走向最里面的位置,林立正坐在办公桌前批改周四收上去的练习册,我的那一本被单独放在了一旁。看到我来了,他把练习册递给我,示意我翻到前天留的那一章。

"最近学习怎么样?"林立一边判着作业一边对我说。

"还行。"我把练习册翻到那一页递给他。

"作业有什么不懂的吗?"林立接过我的练习册问道。

"还行,人文地理这块儿都挺好懂的。"我不知道林立葫芦里到底卖的什么药,心想这都哪儿跟哪儿啊。

"晓唐,"林立看着我说,"但是你做错作业了。"

我低头看了看他面前的那本练习册,跟我做的确不是同一章。

"刚才张老师也说,你课代表工作出了点小问题,能跟老师说说吗?"林立问我。

说实话,我宁可张老师和林立严厉地责备我,也好过他们像现在这样担心。就像穆沐说的,我一定会喜欢这个即将出生的小朋友的,可是不知道为什么,我还是有些惶恐,又有些难过。就像是把我原本平淡的人生强行开方,变成了一串无穷无尽又毫无规律可言的小数。

幸福的小孩都一样,不幸的小孩各有各的不幸。

"林老师我以后一定注意。"我跟林立说。

"有什么问题,一定来找我,别自己藏着。"林立叹了口气,让我回了教室。

"晓唐,好久不见了。"程云霄坐在走廊的窗台上,手里拿着一个笔记本,不知道是不是因为新剪了头发,整个人都显得更加纤细而又单薄。

我怏怏地打了个招呼,心里却不好意思了起来:她一定听到了我和林立的对话,知道了我是这样一个十分不靠谱的人。

"怎么了,被老师批评了?"程云霄见我一副垂头丧气的样子问道。

"都是我自己的问题。"我摇了摇头,又问道,"姐姐你觉得有兄弟姐妹是一件好事吗?"

"当然是了。"她认真地说,"虽然我跟我哥有很多误会,但是我始终觉得,兄弟姐妹的存在就是为了让你看到另一个自己。"

"如果让你选,你想要弟弟还是妹妹呢?"

"这怎么能控制呢?"程云霄笑了,"不过如果真的能选择,我还是希望维持现在的样子,远远地看着我哥成为他想要成为的人。"

"学长他现在复习得怎么样了?"

"老样子,休息时候就不在家,每天回家就把自己关在屋里。"程云霄学姐一边说着却又一边微笑了起来,"但是我猜他一定在自己偷偷学习呢。"

我想到了程云皓独自一个人站在图书馆的走廊上背历史的样子,也点了点头。

"他呀,总是想装出一副毫不费力的样子,从小就是这样。"程云霄说,"就是有点奇怪他怎么还给我买了新颜料,我以为他都不知道我喜欢画画的。"

我也装作一副什么都不知道的样子,那个与跑道和篮球为伴的少年,需要的只不过是这分数海洋里一点点微弱的认可。

"不过晓唐,其实我真的觉得很幸运,能有兄弟姐妹跟我一起长大。"程云霄一边说,一边看着笔记本最后插页里的照片。

两周之后的一天,我在校门口看到了陆悠鸣。

上次见他时,他还穿着厚厚的羽绒服,呼吸融化在阳光里,连同他在我手心写下的数字,一同随着时间模糊成了一个并不真切的形状。

"我考完试了。"陆悠鸣对我说,领口上的皇马徽章还是和从前一样闪闪发亮。

我眼里的陆悠鸣,总是能用一种我永远都无法变成的样子面对这个越来越复杂的世界,他走得越快,我就越难过。

"走吧,带你吃饭。"陆悠鸣指了指身后,示意我坐上那个久违的后座。

"怎么感觉你见到我没有我想象中的高兴啊。"陆悠鸣一边骑车一边说。

"当然高兴了,特高兴。"我两手扶着自行车的后座,偷偷地看着他的背影。

就在这时,手机忽然在我的口袋里振动了起来,我掏出手机,倒抽一口凉气,是我爸发来的短信:

"快到市三院来,阿姨要生小孩子了。"

我从九岁开始就在担心的事情,终于在这个春天变成了现实。

"陆悠鸣,你先停下来。"我紧张地拉着陆悠鸣的衣角,对着他的背影说,"我要去趟医院,不吃饭了。"

"出什么事儿了?"陆悠鸣赶忙问我。

"我阿姨要生小孩儿了。"我着急地说。

"那还等什么,赶紧走啊。"

我坐在陆悠鸣的自行车上,穿过来来往往的人群,把之前所有的担心和疑虑连同被夕阳拉长的影子一起,抛在了身后熙熙攘攘的马路上。我就要有一个小妹妹了。

"你说,是男孩还是女孩啊?"陆悠鸣气喘吁吁地问我。

"如果生小妹妹就好了。"我大声对他说。

"我觉得肯定生男孩。"这时候他都不忘打击我。

陆悠鸣似乎看出了我的顾虑,接着对我说:"我是说,男孩儿就能长大了保护你。"

应该是我变得足够强大去保护他才对,我心里这样想着。还没等陆悠鸣锁好车子,就向医院里标示着妇产科的方向跑了过去。远远地就看到我爸在产房的门口徘徊着,我慢下脚步看着他,好像见到了十多年前,我出生时的那个清晨。纵然他缺席了我第一次戴红领巾,第一次考第一名,第一次合唱表演,第一次成为共青团员,但是好在,他还是给了我了能享有无数第一次的生命。血缘是一种多么奇怪的东西,能把陌生变得亲密,也能把亲密变得疏离。

"晓唐来了。"我爸发现了我,"你阿姨进去了。"

我点点头,跟我爸两个人坐在产房外面的长椅上。世界又和人开起了玩笑,再度把时间无限制地延长。

"你阿姨说如果是女孩名字就顺着你的来起。"我爸沉默了一会儿说。

我点点头,心里想着李晓冯听上去并不是一个好名字,鼻腔里充满了消毒水的味道,喉咙里像是塞进了一团酒精棉花,一句话都说不出来。

"爸爸知道你一直想要一个小妹妹，"我仿佛能看到我爸脑子里有个小人在不断地筛选着各种字眼，"可如果是男孩儿的话……"

"爸，其实我根本不在意是男孩还是女孩的。"我跟我爸说，声音在走廊里回荡着，我只是莫名觉得，如果是个男孩，等他长大成人，娶妻生子，时间每迈进一步，我就每疏远一点，到最后，我始终是那个多余的人。亲情这件事，本来就没有先来后到的法则。

"小妹妹可以给她打扮，可是小弟弟也没什么不好，至少没那么爱哭。"我竭力地用各种词语填充这段紧张的对话，"再说了，你不是说一子一女凑成一个'好'嘛。"

"可算找到你了。"陆悠鸣跑了过来，"你怎么跑这么快啊。"

"这位同学是……"我爸一脸茫然地看着陆悠鸣，我正要解释的时候，产房的门开了，一个护士姐姐走了出来对我爸说：

"母子平安。"

和我共享一份亲情的小伙伴，就这样来到了这个世界上。

我最亲爱的小弟弟，或许你会奇怪，为什么你的爸爸是我的爸爸，而你的妈妈却是我的阿姨。我们看上去有一点点相似，却又不太一样。又或许你会奇怪，别人家里都是一个小朋友，而你为什么会多出来一个姐姐。这世界上有太多的疑问，也有太多种亲情。你大概永远都不会知道，这个比你大十多岁的姐姐，因为你的出现，惶恐了无数的夜晚，却在见到你的一瞬间，消解了全部的不安。这世界就像是童话里小牧羊女和扫烟囱的小人见到的万家灯火，大得让人害怕，不过好在，我们是彼此的礼物。

欢迎你，我最亲爱的小弟弟。

"别开闪光灯晃着他。"我用一只手挡在婴儿床的上面，小声对陆悠鸣说，"哎呀，你动作轻点别把他弄醒了。"

我趴在床的旁边看着这个一直闭着眼，头发黑黑的小朋友，听我姥姥说，我刚出生的时候头发也特别多，我爸说那是像他。可是到了后来，我的头发慢慢地变软，他的头发也褪掉了颜色，我们变得越来越客气，也越来越不像是一家人。

"这位同学，你是……"我爸终于在忙完了这一阵之后又重新想起了陆悠鸣。

"啊，叔叔，我叫陆悠鸣，我俩是中学同学。"我拽了拽他的校服，示意他小点声。

"哦，你就是陆悠鸣啊。"我爸点点头，"全市第一嘛，家长会总听到。晓唐啊，你要多跟人家学一学。"

我点点头，看着陆悠鸣一副得意扬扬的样子，背着我爸做了个鬼脸。

"爸,那我先回去了。"看我爸和陆悠鸣站在一起说话实在不是什么太好的画面,我又看了一眼小弟弟,就拉着陆悠鸣出了病房。

"先别急着走啊。"陆悠鸣指了指前方,"你看那边。"

走廊尽头,是婴儿保温室。我走到近处,趴在玻璃上,看着一个个小小的身体安静地睡着,就像是有人施了魔法,变出的满天星辰。

"还是想要小妹妹吗?"陆悠鸣试探地问。

我摇摇头,这种感觉很奇怪,有些幸福,还有些想哭。

"没多少人知道我会有一个小弟弟的。"我看着保温室里的小朋友们说,"我有点不好意思。"

"都会好起来的。"陆悠鸣拍了拍我的肩,"何况你这么喜欢他。"

我想了想之前的种种担心,觉得自己简直是愚蠢至极。

"你看这些小孩子,多好玩啊。"陆悠鸣指着其中的一个说,"你看那个,手还在动呢。"

我顺着他的方向看过去,心里想着时间就此静止,大概也是一件很好的事。

"我都想好了,以后要俩孩子,一个叫陆地,一个叫陆过。"陆悠鸣对我说,我翻了一个大大的白眼。

"这名字多好啊,脚踏实地,考试全过。"陆悠鸣一本正经地解释着,"不过晓唐你的名字是怎么来的啊,你弟弟也会叫李什么唐吗?"

"不会的。"我低下头假装在发短信,"那是我妈的姓,根本就是一个讽刺。"

"可是对我来说,这是最酷的名字了。"陆悠鸣却说,"是全年级作文写得最好的人,是未来的大作家,还是我陆悠鸣的关门弟子。"

"我可不是你的关门弟子。"我狡辩。

"那老夫就多收几个女弟子好了。"陆悠鸣一边说着一边按了电梯的按钮。

电梯里没有人,安静得能听到对方的心跳。

"等高考结束,我们就在一起吧。"陆悠鸣突然说道。

我还没来得及回答,电梯就停在了二层,外面站着一位穿着白大褂的医生阿姨,看了看陆悠鸣,又看了看我,不知为什么,我忽然有了一种小学排队打防疫针时的紧张。

"妈,我提前放学了。"陆悠鸣在我身旁说。

part 15

如果
足够坚强就好了

×

"这个同学是……"

"妈,这是李晓唐,我们刚才在医院碰上的。"陆悠鸣一边说,一边飞快地对着我眨了眨眼睛。

"阿姨好。"我赶忙打了个招呼,装出一张"好巧啊"的脸。

"哟,育文的。"陆悠鸣的妈妈把目光落到了我的校服上,"文科生?"

我点点头,还没等再问下去,就看到陆悠鸣拉着他妈出了电梯。电梯门合上的一瞬间,我多少有些孤独。

两分钟后,我在医院门口收到了陆悠鸣的短信:

"门口等我,十分钟。"

我从小就有一个毛病,见到医生和警察叔叔就紧张,用陈晨的话来说，我这大概是潜在的犯罪心理作祟。陆悠鸣之前从未说过他妈妈是医生，我也从来都没有询问别人家庭情况的习惯，交换家庭信息对于我来说始终是一件不那么美好的事情。

就在我刚刚平复了心跳的时候，陆悠鸣骑着自行车停在了我的面前：

"上车，请你吃冰激凌。"

"这么大方？"

"我妈刚才给我钱了。"陆悠鸣得意地冲我笑了，"过了这村可就没这店了。"

"你妈……没说你什么吧？"我坐在后座，趁着夜色把手放进陆悠鸣的校服口袋里。

"当然说了。"

"说你什么了？"我紧张地问。

"说你这小孩儿挺好玩的。"陆悠鸣迟疑了一下对我说，"然后就说让我好好准备上学的事情。"

"上学？"我没明白他的意思。

"嗯，提前去英国，读一年高中。"

我还记得有天放学，和穆沐一起路过一家音像店，店里面在放Nickelback（五分钱乐队）的一支叫做 *Savin' Me*（《拯救我》）的MV，男主角可以看到每个人头顶上的生命倒计时，时间慢慢倒数，有些人最终变成了零。那时穆沐问我，如果知道在可预计的某天会发生不开心的事情，之前的日子还会不会快乐。

我不知道会不会快乐，但至少比那一天快乐。我这样对穆沐说。

可是现在的我，的确不快乐。

"我一放假就回来。"陆悠鸣隔着校服握了握我的手，我想到了那只傻傻的小狐狸。

喜欢就是如果你四点来，我从三点就开始感到幸福。时间越临近，我就越幸福。

想念就是如果你四点走，我从三点就开始感到忧伤。时间越临近，我就越忧伤。

"我都想好了，你总是睡懒觉，我每天晚上十点半给你打电话，你这边是早上六点半，不过你可千万别接，那样我可要破产了。"陆悠鸣一边骑自行车一边跟我说，"记得多穿衣服，第一次去图书馆学习的时候你穿得太少了。有不会的题就给我留言，QQ或是邮件都行，如果没时间上网的话……"

我伸出手，第一次鼓起勇气从背后拥抱了我的少年，也第一次知道他的背上有着这样温柔的忧伤与嶙峋的倔强。

"一盏黄黄旧旧的灯，时间在旁闷不吭声……"

街边的店里还在不知疲倦地放着音乐，陆悠鸣停下单车，我们就这样听完了一整首《回到过去》。

"今年都没听到新歌呢。"我对陆悠鸣说，忍着不流下泪水。

"下一次出新专辑的时候，我们还一起听吧。"陆悠鸣说。

"那说好了，谁都不许先偷着听啊。"我伸出小指，"必须在一起。"

"嗯，必须在一起。"陆悠鸣用修长而又冰凉的手指钩上了我的指尖。

想回到过去。

世界永远都不会留下时间来给我们去消化这些惊喜、快乐与悲伤，新的小生命在长大，而我们也不得不面临着各种各样的离别。五月的最后一天，程云霄来找我，手里拿着一只数码相机。

"快毕业了，拍照留念。"她晃动着手里的相机。

我这才意识到，高中的沙漏已经流走了三分之二的沙粒。地球从未因为某个人停止转动，我们只好拼命地在这个巨大球体的边缘奔跑，陆悠鸣跑在了最前面的经线上，而我却还在后面步履艰难地跋涉，前方是遥不可及的别人的青春。说好的殊途同归，最后却还是落得分道扬镳。

"姐姐你要加油啊。"拍完照我对程云霄说。

"你也是，要抓紧时间做些对自己有意义的事。"程云霄说完就上了楼,那是我们唯一的一张合影。

这时我才意识到,我从来都没有任何一张与陆悠鸣名正言顺的合影。那张高一运动会时陈晨发来的照片,也随着手机坏掉不见了踪迹。

喜欢是完全不需要仪式感的东西,这种感觉就像是把记忆融化进时光里,一点点地注入静脉,在丝毫没有察觉的时候,已经与自己浑然一体。

"晓唐,怎么样啊,你爸妈同意你考戏剧学院了吗?"高考放假之后的第一天上课,蒋正则问我。

"还行吧。"我躲躲闪闪地说。

"还行算什么啊。"蒋正则说着递给我一本小书,是艺考指南,"昨天我看见就给你买了。"他说,"这里面门道可多了,你好好学学。"

我赶紧翻开看了看目录,小心翼翼地装进书包里,生怕被林立看到。

"其实吧,我挺羡慕你的。"蒋正则用一只手支着下巴对我说,"你知道自己想要什么,而不是单纯的喜欢,或者逃避高考。"

我心虚地笑了笑。到现在为止,我都没有跟我爸或者我妈真正聊过我那微不足道的梦想。我们都有自己的生活,成为更好的生意人,成为别人的爸爸,或者成为更好的高中生，互相之间过多的介入都是打扰，所以我只好希望自己能有梦想还足够坚强。

"那你呢，你想学什么啊？"我问蒋公子。

"我啊——"蒋公子想了想说，"经济或者中文吧。"

"为什么差别这么大啊？"我有点没明白。

"我妈和我，总得有一个人满意是吧。"蒋公子半开玩笑地说。

"这倒也是。"我看着宋彬在黑板的旁边挂了一块塑料板，上面写着"距离高考还有363天"，在全班唉声叹气的氛围里，一点都紧张不起来，"如果能有什么办法让大家都满意就好了。"

"那就只能拼一把了，分数越高，选择越多。"

林立不知道什么时候抱着一大摞卷子进了教室，满意地看着他让宋彬挂起来的倒计时牌。

"这可是我专门给咱们班做的，都抓紧点啊，看好你们。"林立兴致勃勃地一边说一边示意宋彬把卷子发下去，"新鲜出炉的高考题，自习课做一下地理部分，然后看看自己能得多少分，下节课公布答案。"林立说完就优哉游哉地出了教室，留我们一整个班的人摩拳擦掌，跃跃欲试，恨不得从试卷里把出题老师揪出来促膝谈心。

"你们说，明年高考会跟现在这题一样简单吗？"赵维维回头小声地跟我们说。

"范围应该差不多。"蒋正则边说边写着一道关于厄瓜多尔地形特征的简答题。

"我看不一定。"萧湘子说,"之前林立给我们做的前两年的高考题,我对照了一下,明显比这个简单太多了,所以肯定是越来越难的。"

赵维维听了这话之后瞬间瘫在了座位上,"你这么一说我更愁了。"

"其实你也别太担心了。"我安慰她,"难点儿其实也挺好的,你答不上来,别人也答不上来。"

"可是别人答得上来的我也答不出来啊。"赵维维哭丧着脸说。

就在这时,我收到了陆悠鸣的短信:

"周日请你看电影。"

我那个"行啊"的"啊"字还没打出来,就被蒋正则制止了。

"矜持,女孩子要矜持。"蒋正则摇了摇手指,"别这么迫不及待的,你得等几分钟再回复。"

好不容易挨到下课铃响,我赶紧拿出手机,想了想又把那两个字删了,在蒋公子的指示下,看似漫不经心地发了一条"才看到,好啊"。

在我的记忆里,和陆悠鸣一起看电影是很久以前的事情了，那天我们都穿着白衬衫，胸前别着一枚闪闪发亮的优秀团员奖章，一起唱着"我们是五月的花海，用青春拥抱时代"。讲了什么话，看了什么电影，我已经忘得一干二净，唯一记得的是他隔着陈晨对我说："真巧啊，我们都选上了。"

只是他不知道，为了能和他一起坐在这里，我硬着头皮参加了几乎每一项学校活动。就像是小美人鱼一上岸就见到了王子，灰姑娘在午夜之前掉了水晶鞋，哪里有那么多的巧合，只是每个人都在煞费苦心地导演一场看似巧合的话剧罢了。

周日那天上午，我在闹钟响之前就醒了，翻来覆去没睡着觉，索性爬起来去给我姥做早饭。

当我把两个蛋黄都散了的煎蛋连同一碗粥摆到我姥姥面前的时候，我姥姥惊讶的表情不亚于皇阿玛第一次知道小燕子是假格格时的样子。

"周末多休息休息吧。"我姥一边吃着那两个散了黄的煎蛋一边跟我说。

我点点头，"姥姥，我今天能出去一趟吗?"

"去吧，带上伞。"我姥姥随口说道，"天气预报说了今天下雨。"

临走前，我把我的卡片相机装在了书包里，这个相机是我妈上次回来给我买的。我不太喜欢拍照，总是表情僵硬，而穆沐就有一种神奇的魔力，能用画笔画出我神态自若的样子，她似乎天生就有这样的魔力，总是能捕捉到连我自己都不曾察觉的表情。

当我到电影院的门口时，远远地就看到陆悠鸣站在玻璃幕墙的旁边，看着窗外。我没有过去，只是从包里掏出相机，拍了下来往人群中他安静的样子。

似乎是看到了我，陆悠鸣挥挥手，手里拿着两张电影票。

"刚才我看了一下，月底就有《变形金刚2》了。"陆悠鸣兴高采烈地对我说，看到了我手上拿着的相机，"这什么啊？"

"我是觉得，你都要走了就合张影呗。"我假装满不在乎地说，其实说到要走了的时候，鼻尖就已经开始发酸了。

"那还不简单。"陆悠鸣从我手里接过相机，伸长手臂把镜头对着我俩按了几下。

"你这表情，就跟做数学题似的。"陆悠鸣一边看相片一边取笑我，"哟，还有自拍呢。"

"你别瞎看。"我伸手要抢过自己的相机，看到陆悠鸣翻到了刚才我偷拍的那张他的照片。

"你还别说啊，挺帅啊我。"

"少来，那是我拍得好。"

"哎，你看那个。"陆悠鸣指着一台拍贴纸照片的机器说，"拍这个还能打印出来呢。"

"这个初中时候就有了，就在咱们学校旁边。"

"我知道啊，但是陈晨说太傻了没有男生照这个的。"陆悠鸣说着就拉着我向拍照机的方向走去，"今天试一试。"

我从来没想过，陆悠鸣会弯着腰和我挤在一个小小的屏幕面前拍照。时间定格在了那一联四张的贴纸照片上，白色的背景上是温暖的他和局促的我，我们站在一起，忘却了时间与空间即将带来的巨变，我甚至觉得照片上的两个人清晰得有些不真实。

"这张我太帅了，给你吧。"陆悠鸣递给我两张照片，"让你同学都看看。"

"干吗让我同学看啊。"

"告诉他们都别欺负你，不然老夫一个从天而降……"

"鸣鸣，你干什么呢！"

我们回过头，是陆悠鸣的妈妈。

"阿姨好。"我捏着那两张照片打了个招呼，没了白大褂，我也没了之前不期而遇的紧张。

陆悠鸣的妈妈没有回答，径直走向我身边的少年，我抬起头，看到他的笑容和午后短暂的阳光一起慢慢消散在了熙攘的人群里。

"我跟你说了多少遍了，你现在是关键期。之前就跟你说过，不要让一些没有意义的事情耽误你的前途。"

陆悠鸣没有说话，只是默默地把那两张照片放进了口袋里。

"我跟你爸这么忙前忙后的都是为了谁啊,你自己想清楚。那天在医院我跟你怎么说的,不要跟一些无关紧要的人在一起耽误你的前程。"

我觉得脸上一阵发烧,我就是那个无关紧要的人。

"我们不是反对你交朋友,但是这种家庭复杂的朋友……"

"妈,你有完没完啊!"

后面发生了什么我也不知道,当我发觉时我已经跑出了电影院,带着有如芒刺在背的自尊一起,逃离了这段漫长的争吵。暴雨来临之前的天气挤压掉了我最后一点快乐与骄傲,我坐在公园的长椅上看着来往的人们,无论如何都哭不出来。湖面上那个小鸭子的船我也坐过,那天我戴了一顶小黄帽,背着一个小水壶,手里拿着一只粉红色的氢气球,我爸划到湖中间那个小桥的时候我一不小心松了手,我妈没抓住气球,我就看着它飘到太阳那边去,再也看不见了。我总是能记得很小时候的事情,而这些事情,也随着那些气球,飘到了我再也见不到的远方。

如果回忆也能带我走就好了。

"穆沐,你在哪里?"我对电话另一端的女孩儿说。

雨天稀释掉了所有的不安与懊恼,我靠在墙上,呆呆地看着穆沐给一盆水果上色。空气里悬浮着颜料的味道,混合着雨天的气味,让我觉得安心不少。

"哟，看这打扮，约会去啦？"穆沐从颜料罐里挖出一大块明黄色的颜料。

我摇了摇头，问道："我是无关紧要的人吗？"

"怎么这么说啊？"穆沐放下了手里的调色盘，把手在围裙上蹭了蹭，然后把我的头发别到了耳朵后面。

"我也不知道，就是觉得可能无论对于谁来说，我都没那么重要。"我努力克制着自己不说出陆悠鸣的名字。

"其实你啊，就像这个。"穆沐从地上捡起了一个斑驳的瓶子来，是一罐白色的颜料，"看上去最无关紧要的，却是可以改变整个作品的，对我来说是这样，对他也是。"

我接过那罐白色颜料，觉得委屈在喉咙打成了一个咽不下去的结。

陆悠鸣没有再打来电话，我反复查看的收件箱里，也只有一条提醒雷雨天气的短信。我忽然想到刚才拍的照片，从口袋里掏出来的时候才发现早已被打湿。我努力地抚平每一条褶皱，然而这些褶皱却如同一道道伤疤。我不怪陆悠鸣的隐瞒，也不怪他妈妈的偏见，更不怪我爸妈选择了自己的路，所以怪无可怪，只好埋怨自己。

我回到家洗了澡，换了一身干衣服，之后把那两张照片放在窗台上，一边用吹风机吹着，一边看着窗外。雨下得很大，窗外是阴郁的灰，雨水冲刷出了一个安静的世界。那两张照片最后还是倔强地翘着边角，被我压在了一本厚厚的英语字典里。

我鬼使神差地打开了电脑，登录QQ的一刹那，我看到陆悠鸣的头像在右下角不停地闪烁。我点开了他的头像，心跳忽然停了一拍，只有一句话。

"我妈把手机没收了，我想办法出来，六点在你家楼下。"

我看了看电脑显示的时间，五点五十，外面依旧下着雨，他的头像还是没有亮起来。

我关了电脑，没有回复，从书架上抽出一本林立上周发的新练习册，努力把今天发生的事情从我的脑海中驱逐出去。可那些话恰好就是我挥之不去的软肋，不论如何努力，最终还是会败下阵来，败给那些不得不接受的失去，败给那些毫无理由的自尊与误解。

楼下的路灯在六点准时亮了起来，我还是忍不住向楼下张望着，灯光和雨水一同不偏不倚地落在一把熟悉的深蓝色雨伞上。明明是一条马路的距离，在我眼里却绵延成了数十亿光年的远方，伞的下面，是我永远无法抵达的宇宙。

陆悠鸣看到了站在窗台边的我，他没有说话，也没有任何动作，只是那样静静地看着我。他站在灯光下，像是用商籁体写成的仲夏的梦。

我拿起伞，关了灯走到了门前，却在开门的一瞬间哭了起来，这时我才知道，这种攻陷了全身的感觉，叫作自卑。

我始终还是没有推开门走出去，更没有勇气再看一眼路灯下是不是还站着一个撑着伞的少年，只是独自一个人坐在地上，在漆黑的房间翻看着相机里的照片。当我再抬头看的时候，雨已经停了，我向外张望着，刚才陆悠鸣站过的地方空无一人。我就这样把自己包裹在自卑与挫败里，作了一个沉重的告别。

大概是这种自卑感作祟，我卸载了所有能和陆悠鸣通信的软件，每天做的只有两件事——学习和练习写作，好像这两件事就能把他从我的记忆里彻底抽离。可是我走过的路，解过的题，写过的故事，听过的歌曲，全都有他的痕迹，越想忘记，就越是念念不忘。

"晓唐，你别难过了。"穆沐一边拉着我往操场走，一边跟我说。今天下午第二节课后是高三年级的高考表彰大会，要求高一高二全体同学都参加。

我站在队伍里，两眼放空，完全没注意校长在主席台上说了什么。总之一定与我无关，我不是学习最好的那一个，也不是学习最差的那一个，我只是一个偏科的高中生和一个无关紧要的人。

仅此而已。

"下面有请全省高考状元程云霄同学为大家讲话……"

听到"程云霄"这三个字，我猛然抬起头，程云霄学姐就站在主席台上，和以往一样从容地说着一些对她而言早已轻车熟路的语句。程云皓和他们的父母站在台下，和同学们一起鼓掌，还拍了几张照片。

"程云霄同学想要报考什么专业呢?"王主任问道。

"我想要学习文物修复。"程云霄说道。

操场上一片寂静，偶尔传来的只有话筒蜂鸣的声音。我看到程云霄的妈妈皱了皱眉。

"不论我们学得好与坏，最重要的都应该是保持对知识的渴望与谦卑不是吗?"程云霄看着台下说道，"我们也无法预知未来的自己会是什么样子，未来的社会会是什么样子，与其这样，我更愿意把全部的热情和好奇心放到我最想做的事情上去。我喜欢历史，也不想放弃画画，这对我来说都是有意义的事情。也希望我们每个人，都能努力成为自己想要成为的人。"

程云皓第一个鼓起掌来。我看着程云霄站在主席台上，眼神温柔又带着倔强，这让我多少感到羡慕。每个人都在努力，但不是所有人都有勇气也有能力成为自己想要成为的人。

就在我和萧湘子排着队聊着天向楼里走的时候，手机上收到了一条短信，来自陈晨的号码:

"今天晚上六点的航班，不来送送他啊?"

part 16

如果
时间走慢些就好了

×

我把手机放回了口袋,跟着人群向楼上走去,萧湘子说了很多话,而我却一个字都不记得,只是失魂落魄地附和了几声。我们始终还是要走到不同的道路上去,即使怀揣着对旁人而言看似无关紧要的念念不忘。

"你没事儿吧。"蒋正则把一罐刚刚从楼下小卖部买来的可乐塞到了我手上。

易拉罐的温度传到了指尖,我猛地转过头对蒋正则说:"我要去机场。"

还没等他回应,我就冲出了班级门向楼下跑去,全然不顾和林立擦肩而过时他叫我的声音。

即使分道扬镳,也应该有一个不那么仓皇的道别。

我站在路边,急切地向每一辆出租车伸着手,又看着一辆辆车从我面前驶过,像是从指缝间溜掉了的时间与想念。

"师傅,去机场,麻烦快点。"二十分钟之后,我拉开了出租车的车门。

我坐在车里,看着外面一闪而过的景象,每一处都是他走过的地方。念过书的学校,踢过球的操场,领过奖的礼堂,都在我的记忆里变得越来越清晰,只是这些清晰的记忆里,都有一个并不那么清晰的自卑的我。如果时间走慢些就好了,慢到让我成为那个和他一样好的人。

然而奇怪的是,离机场越近,我却越平静。我反复演练过无数次的情绪,都是为了这场早已预知的离别。

我看到陆悠鸣和陈晨站在一起,正要向他们走过去的时候,陆悠鸣的爸爸妈妈走向了他们。我停住脚步,身旁是来来往往的行人,耳边是等待与告别混杂的声响,于是就这样远远看着,直到他们一家三口人消失在了门的另一边。

怯懦的我,始终没能说出那句再会。

就在我转身离开的时候,陈晨叫住了我:

"李晓唐——"他一边叫我,一边向着我的方向走了过来,"我应该早点告诉你的,他刚走。"

"是啊,路上堵车,我刚到。"我装出一副刚刚才到,无所谓的样子。

陈晨叹了口气,从书包里掏出一个纸盒,"那家伙给你的。"

我打开来，丝质的手帕上放着一只小木盒，盒子上刻着的，是我解不开的坐标组成的心形图案。

"这可是他自己做的。"陈晨指了指小木盒的旁边，我拿起小木盒，发现下面有一张纸条，上面只写了一句话，和小木盒发出的声音一样，都是一句歌词，"我害怕你心碎没人帮你擦眼泪"。

"军训那会儿，我们还约好考同一所大学，都考到北京去。"陈晨和我出了机场，坐在路边看着一架架飞机起飞降落，带走了最后的夕阳。大概是太小的年纪不懂离别，太大的年纪又习惯了离别，所以悲伤都留给了今天。我忽然想到曾经有一天，陆悠鸣对我说，如果我在坐车都到不了的地方上学，他就走着来见我。而刚才短短的几十米，都是跨不过的银河。

"其实我这个人挺倔的，说什么都不愿意认输，"陈晨把手机塞进了书包前面的口袋里，"但是跟这家伙比，我在各种层面上都算是输了。"

我停下了摆弄小木盒的手，才意识到自己始终忽略了一件事——在陈晨的眼里，除了最好的朋友这个在外人看来理所当然的身份之外，他们也都是不服输的少年。

"你记得小学时我们参加的第一次合唱比赛吗？就是我们当领唱的那次。我到现在都有点想不明白，我一直觉得你挺害羞的，在那之前我都没怎么跟你说过话，就怕把你弄哭了。"陈晨说，"那次你怎么就突然主动要竞选当领唱了呢？"

"秘密。"我笑着摇了摇头，忆到的却是合唱比赛之前的一天，那天我站在教室里，手里抱着那只我妈回国时给我买的小红书包。明明不是我拿了同桌的那盒48色水彩笔，却除了一句"不是我"之外，羞怯得讲不出任何话语。我唯一的倔强，仅仅只是保护那只随着我妈一同回国的小书包。

后来的故事，就像是高一时的雨天我给穆沐讲的那样，陆悠鸣一个人走出教室，拿回了我的书包。也是从那时起，我想要变得更好，不仅仅是想做第一名，而是想要和他一样。

"不过很好啊。"我把这段故事再度放回心里，转过头对陈晨说，"不当领唱，我们可能一辈子都不会是朋友呢。"

"可是因为这件事儿，我们两个也差点不是朋友了。"陈晨随口说道，我刷的一下便红了脸。

"怎么会啊。"我吞吞吐吐地说着，觉得当时不论自己还是身边的同学都幼稚得可笑，"都是别人瞎传的，什么我跟你是一对儿啊，不就是一起当领唱么……"

"不是我跟你，是我跟他。"陈晨把眼镜拿下来擦了擦又戴了回去，"有一天放学，他忽然神经兮兮地叫我去打篮球，不去不行。我心想就两个人打什么鬼篮球啊，何况要参加英语竞赛了忙得要死。没想到去了之后这小子一球都没进，随便糊弄了几下就问我到底是不是喜欢你。"

我坐在一旁听着，原本以为陈晨只是怀念一下他学生时代最好的朋友，却忽然听到自己的名字出现在了陈晨的记忆中，仿佛原本以为是死路的迷宫里，走近一看却发现不过是挂着一层厚重的云。

"我以为他也笑话我呢。"陈晨把头别了过去，只能看到他泛红的耳朵，"一生气就跟他说是啊，结果差点没被这小子打死。那时候我才知道，什么帮你啊保护你啊，这小子就是喜欢你，一直都喜欢。"

"哎呀，你一定是想多了。"我嘴上说着，却还有点莫名的期待与幸福，像是心里揣着一只摆弄线团的小猫。

"你快得了吧。"陈晨瞥了我一眼，"就为了成全你俩，我可是搭上了一个优秀团员的奖章呢。"

我有些意外，这又是什么故事。

"就知道我是白白牺牲了。"陈晨有些垂头丧气地说，"那年选优秀团员，成绩占评分的百分之五十，我在老师办公室偷偷看到了候选人排名，一共选两个人，第一是陆悠鸣，咱俩并列第二。我想了很久，在期末考试的时候故意少写了道数学大题，这样你就比我高了两分……"

"等等。"我慢慢地说，忽然感到了一种挫败。那枚奖章我一直都留着，我一直都认为，只要自己变得更好，就能一步步接近喜欢的人，这种喜欢里，一半是向往，另一半是努力，"也就是说，那个名额是你让给我的?"

"对啊，没想到你俩根本没坐一起去，白白把机会浪费了。"陈晨一脸鄙视地看着我，在我的记忆中，他从来都没接连不断地讲过这么多话，"后来陆悠鸣知道了这件事，絮絮叨叨地跟我讲了半天，就跟9班政治老师似的。一开始我以为他还觉得我是因为喜欢你才把名额让出来的，后来他说了一句话，我才知道原来他是真的了解你。"

"嗯?"

"他说，你那么好，不需要借助别人也能闪闪发亮。"陈晨结束了这段几乎横跨了整个童年的回忆，"所以说，李晓唐同学，你一定要加油。"

"那现在呢，还去北京吗?"我问陈晨。

"去，当然去。"陈晨点点头，毫不犹豫地说，"就剩一年了。"

我们总是善于遗忘，以至于忽略了太多以年为单位的巨变。于是从骄傲到自卑，从敏感到麻木，骨节一点点拔高，脸庞一点点消瘦，直到经历了真切的失去，才意识到时间是多么残酷的魔法。

就剩一年了，如果时间走慢些就好了。

陆悠鸣走的第二天,我收到了人生中第一个警告处分。

"高三(7)班李晓唐,于昨天下午上课时间内擅自离校,特此警告。"

我在心里翻了个白眼,径直向教学楼走去,这时就听见身后传来一个声音:

"李晓唐,来我办公室。"

我一转头,看见林立站在那张处分通知下面怒气冲冲地看着我。

"昨天去哪儿了?"林立在办公室用前所未有的严肃语气问道。

"有点急事儿。"我搪塞道。

"什么事儿能比上学还急!"林立"啪"的一声合上了教案,"李晓唐,这都高三了,你心里能不能有点数。说说吧,想考哪个学校,学什么专业啊?"

"戏剧文学……"我犹豫了一下,小声地说。

"什么?"林立没听清,我又重复了一遍。

"你们这个班啊,真是愁死我了。"林立又揉了揉头发,"怎么就不能老老实实参加高考呢?这考试就在一模之前,耽误太多复习时间了,绝对不行。"

就在这时上课铃响了,林立冲着我摆了摆手,无可奈何地拿起课本和教案向教室里走去。我跟在后面,悄悄从后门溜到了座位上。

"又迟到。"蒋正则小声说,"昨天干什么去了?"

"去机场送人来着。"我一边从书包里翻课本一边说。

"你跑出去之后教导主任就来查人了,把立哥狠狠地骂了一顿,说他一个当班主任的都管不住自己的学生。"

我看着在讲台上意气风发的林立,忽然有了一种矛盾的情绪。这种情绪就像是胜负心进取心成就感罪恶感统统跳进了同一个水池,搅得人仰马翻,到最后连自己都不清楚,到底是在因为哪种情绪而难过。

"李晓唐,根据经纬度判断一下这是哪个国家?"林立忽然提问道。

"埃及?"我站起来辨认了一下,试探着答道。

"坐下吧。"林立叹了口气,"知识点记扎实一点,不要模棱两可的。"

"趁这个时候我多说两句,现在咱们从高二(7)班变成高三(7)班了,以后想做什么工作,想去哪座城市,哪些地方有欠缺,哪些地方是长处,大家都考虑考虑。我不赞成你们一味地就为了分数参加高考,一窝蜂地挤破头去报热门专业,一定要想清楚,自己想要成为什么样的人。不要想一出是一出的,多和家人商量商量。"

这时下课铃响了,没人站起来,大家都在自己的座位上坐着,想着林立刚才说的话。全班唯一一个还在写字的是萧湘子,那天表彰会结束之后她对我说,她想要和林思达念同一所大学,而林思达,一直都是理科班的第一名。

一纸成绩单就能撕碎梦想,扯断红线,这样想来,高考竟也有了悲壮的意味。

究竟是从什么时候开始的呢,小时候的那句"我长大了要当科学家",变得越来越难以说出口,生怕稍不留神就成了讽刺。所以越长大,越怯懦。时间流逝得越快,我们就越来越不像自己。

高考仿佛把一种可见的压力笼罩在了我们每一个人的身上。暑假的第一天清晨,我就被赵维维的电话吵醒了。

"晓唐,我们去图书馆学习吧。"

"哈?"我以为自己还没睡醒听错了。

"这都高三了,林立不是说了吗,让咱抓紧暑假的时间。"

"话是这么说,可是也太早了吧。"我瞥了一眼闹钟,刚过七点。

"晨读记得牢。"赵维维劝我。

我犹豫了一下,还是挣扎着从床上爬了起来,把一沓刚发的试卷塞进了书包里,草草收拾了一下就向图书馆走去。

上次来这里的时候,我刚有了一个小弟弟,陆悠鸣说他妈妈觉得我是一个很好的小女孩,他假装世界对我很好,我假装一切都有未来。而现在我和陆悠鸣经常坐的地方，坐着两个大姐姐，看样子是师范学院的学生。我记得有天体育课上跑步的时候，大家都说一定不在本市念书，一定要去外面的城市看看，就连林立都说，只有考不好才会在家门口读大学。一个地方待久了，都会觉得厌倦，所以与其说是野心，倒不如说是逃离。

没有了陆悠鸣的数学加成，遇到难题的我就显得更加力不从心，阳光透过窗帘的缝隙照到桌子上，我甚至恍惚间觉得陆悠鸣会在下一秒戴着耳机推开那扇门，对我说："晓唐，我回来了。"

自从陆悠鸣走了之后，我就产生了一种恐惧，担心这种时间与空间的巨变终究会让我们变成不一样的人，陌生到仿佛从未认识，白白浪费了以前的时光。

"你们都想考哪里啊？"回去的路上赵维维问我和萧湘子。

"北京的学校吧。"萧湘子说，"报一个学校，要不就一个地方。"

我很羡慕萧湘子，她一直都是用一种最安稳的方式一步步地接近幸福。

"晓唐呢？"

"我啊，我还没想好呢。"我不好意思地说。

"你们学习都好。"赵维维一边踢着小石子一边说，"我就不一样了，我没什么长处，也不知道自己想要什么。就是觉得自己应该用功考大学，但是为什么，我自己都不知道。"

"其实没有人会知道自己以后是什么样子。"萧湘子安慰道，"林立说了，只要不后悔就行。"

可是到头来，没有一个人不会后悔。

"说到林立，昨天晚上班群里发的那个自主招生表你们看了吗？"萧湘子问我俩。

我这才想起，已经一个多月没打开电脑了。

"晓唐，你怎么没在班群里啊？"赵维维边走边按着手机键。

"我……不太上网。"我吞吞吐吐，死都不承认是因为赌气把软件全都删掉了。

"倒也是，最近大家都忙。"赵维维叹了一口气，把手机放进了口袋里。

吃过晚饭，我打开电脑，准备跟蒋正则核对张老师让我俩上传的文学常识资料。下载安装包的时候，我随手拿起了那只木头八音盒。陈晨说，这个小盒子，陆悠鸣做了整整一个月，前后做废了四五个，现在还都放在他的课桌里。

"他说要去北京看你。"陈晨跟我说，"你一定要考上。"

"你也是。"我点点头。

一连串的提示声在我登录账号之后传了出来，除了蒋正则邀请我加入班群之外，其他消息都来自同一个人，我把光标停在右下角，屏住呼吸点开了那个闪动的头像。

06/20 23:00
陆悠鸣：晓唐你在吗？
06/24 23:16
陆悠鸣：还在难过吗？
07/01 7:00
陆悠鸣：每个周六周日我都去图书馆，全天都在，你来吗……
07/20 23:54
陆悠鸣：晓唐，我明天下午走。

似乎距离冲淡了想念，陆悠鸣的留言停在了他临走前的那一天。我看着他的最新动态，都是没有任何备注的照片，足球场、贝克街、图灵的雕像、雾气弥漫的公园。我一张一张地翻过去，他过得很好，比以往认识的任何时候都要好。时间代替我做了道别，我们都在一边淡忘，一边继续自己的生活。

翻着翻着，我看到一张照片里的莎士比亚铜像的下面似乎立着什么东西，出于好奇，我点了放大，一时间记忆如同海浪一样向我涌来。

铜像下面放着的,是我们唯一共同拥有的那张照片。

我向前翻了几张,那个简单的黑色相框出现在了几乎每一张照片里,全世界最好的陆悠鸣,带着没那么好的李晓唐,用他自己的方式,倔强地行走在了地球的另一端。

就在这时,陆悠鸣的对话框忽然亮了起来。

"晓唐,你在吗?"

我慌忙之中关掉了对话框,打开了蒋正则传给我的那个Word文档,在第五遍打错《饮马长城窟行》的时候,我向陆悠鸣发了一个笑脸。

"晓唐你还生气吗?"

"数学有不会的题吗?"

"有没有好好吃饭?"

"英国很潮湿。"

"这边功课很简单,只是英文有点难。"

……

短短的五分钟里,一条条的信息接二连三地向我袭来,我甚至来不及一一回答,只好看着陆悠鸣那一行一行的信息,想象着他的生活。直到最后一句话把我拉回了现实。

"你最近还好吗?"

陆悠鸣在这里停了下来。

我说了句"很好,谢谢,你好吗",想了想又觉得并没有那么好。

对话框里显示了五六次的"对方正在输入",最后发过来的却只有四个字:

"要加油啊。"

到底,还是生疏了。

就在这时,对话框里又弹出来了一句话:

"大傻子,难过就说难过啊,你是英语课本里的人么?"

"才没呢。"我狡辩。

关电脑之前,我看到他发了一条状态:"今天天气真好。"

上面显示的,明明是一个雨天。

开学之前,我又在手机上装回了QQ,晚自习的间歇和陆悠鸣说学校的事,相隔的距离把聊天变成了留言。做不完的考卷,解不开的方程,迟到时林立气急败坏的样子,一周一次的考试排名,倒计时牌上越来越少的数字,都在这一年的秋天,画出了无数个周而复始的圆。

十一之前的一天,下午自习课的时候,林立拿着一张表格站在讲台上说:

"秋季运动会要开始了,有没有同学想报名。"

没有人说话,甚至都没几个人抬过头。高三年级本来就是自愿参加运动会,听8班的人说,吴老师连登记表都没往班里拿,一口回绝了体育老师。

就在林立决定走的时候,赵维维忽然举手说:"老师,我今年还报400米。"

林立愣了一下,点了点头把赵维维的名字记在了上面。

于是这届运动会,赵维维成为了高三年级四个重点班里唯一的代表。

运动会的那天早上,外面放着运动员进行曲,我们在班里上着自习。虽然学校决定高三年级自愿参加运动会,但实际上连看台的位置都没留给我们。

下午第一节课的时候,赵维维换上了运动服,林立看了一眼说:"先上自习吧。"然后不住地向外张望着。

就在还剩十分钟下课的时候,操场上传来了播音员的声音,是穆沐的堂妹穆明嫣:

"参加高三年级女子组400米决赛的同学,请到检录处做准备。"

赵维维刚出了教室,全班同学就都放下了笔,看着林立。

"愣着干吗啊,一个个快下楼啊。"林立话还没说完,大家就全都跑了出去。我忽然觉得这个场景似曾相识,那天赵维维破了校级记录,萧湘子的背后是明亮的阳光,我收到了一张陆悠鸣演讲时的照片,每个人都为了当时的高一(1)班欢呼雀跃。当时的我们都没有那么多的烦恼,轻装上阵,勇往直前。

赵维维不负众望地再次得了第一名,就在这时,林立带着已经升为年级主任的高老师一起拨开了人群。

"赵维维同学,你来一趟办公室。"

赵维维把背后的号码牌摘下来递给了萧湘子,一脸疑惑地跟着他们走了。

"高主任说了,让我报考体育特长生。"赵维维在快放学的时候回班对我们说。

"行啊你。"宋彬听了这话赶快凑了过来,"听说这个能降分或者保送呢。"

"维维,那你怎么想的啊,考不考?"萧湘子一边对答案一边问道。

"我没想好。"赵维维的语气听不出波澜,仰头喝进去大半瓶白开水。

宋彬走了之后,赵维维对我和萧湘子说:"我想试着考一次华师大的特长生。"

"行啊,林老师就是那儿毕业的。"萧湘子说,"我妈说华师大很不错呢。"

"我就是想看看,他读过书的地方是什么样子。"赵维维轻声说,"我也想变成这么好的人。"

part 17

如果
一同奔跑就好了

×

高三的紧迫让每个人都在一夜之间找到了自己的方向。林思达拿着竞赛的奖状决定参加自主招生考试，萧湘子也不假思索地决定报同一所大学，赵维维每天六点半就出现在了学校的操场，而宋彬凭借着高二时的一次见义勇为，顺理成章地成为了省级三好学生，高枕无忧地享受着人人艳羡的加分优待。

有一天下午为了准备月考，我们提前放了学，穆沐背着书包，手里拿着厚厚一沓试卷跑来对我说：

"晓唐，我要去集训了，明天就走。"

我点点头，转身回班从课桌里拿出一包开学时就买好了的东西，是一套新的画笔和六罐白色的颜料，都是用我的稿费买的。

"这个给你，我听说如果考完试把颜料留到考场，就能留到那个学校。"

穆沐笑了，"买这么多啊。"

"对，每一场都能通过。"我点点头，"都是拿稿费买的，而且你说过，白色颜料用得最多。"

"晓唐，我们都要通过考试啊。"

"嗯，一定会的。"

我看着她背着书包走出学校的背影，心里觉得很失落。每个人都按部就班地行走在自己本来的轨道上，陆悠鸣理应去追求真理，穆沐本就应该去考美院，赵维维有着与生俱来的体育天赋，而萧湘子也按照自己的计划一步步追求着幸福。这种感觉就像是一场赛跑，有人跑在最前面，剩下的人按照规定好的路线或疾或徐地前进着，无论如何都能到达终点。而我，就像是记错路线的那种人，在预料之外的轨迹上越跑越远，全然不知迎接我的是怎样的前路漫漫。

"我说，你跟你爸说你考戏剧学院的事情了吗？"蒋正则在临放学的时候问我。

"说了。"我又开始习惯性地撒谎，"你小点声。"

"你爸答应了？"

"算是吧。"我想随随便便搪塞过去。实际上，我爸不仅没答应，还在上个周末痛心疾首地认为这都是遗传了我妈。

"如果没答应，你倒不如换个法子。"蒋正则一眼就看出了我那点可怜的花花肠子，"就说你学习跟不上了，感觉考个好大学太困难。"

"我可不是因为这个才想考的。"我摇摇头，觉得简直莫名其妙。

"笨，又不是真的不学习了，你想啊，你就每次月考故意考低点儿，林立一着急，肯定就跟你爸说了。"

"这行不行啊。"我有点动摇了。

"这有什么不行的。"蒋正则抱起一摞刚交上来的练习册说，"都到这个节骨眼了，不行也得行。你好好准备你的，收作业这些事儿交给我就行了。"

"这怎么行啊，你也得复习啊。"我感觉十分过意不去，想要伸手去拿那摞厚厚的练习册。

"你以为白帮你啊。"蒋正则一边说一边往办公室走去，"以后可得把我写进去。"

按照这个计划，到高三第一学期的期中考试，我在班里退步了将近二十名。

"李晓唐，你这段时间怎么回事啊？"林立拿着周考和月考的成绩单和卷子对我说，"这要是高考怎么办呢？"

"林老师，我也不知道怎么了。"我一副追悔莫及而又无能为力的样子站在林立的办公室，"我真的已经努力了。"

"是不是太紧张了，或者没休息好？"林立打死都不愿意承认我就是单纯地跟不上了。

我摇了摇头,"林老师,您说我这样还能上重点吗?"

这句话显然起了作用,林立犹豫了一下说:"先回去上课吧,好好听课。"

刚走出办公室,我就听见了林立打电话的声音:

"喂您好,晓唐爸爸,我是林老师,明天家长会之后您稍等一下可以吗?"

第二天的家长会之后,我爸和我果然被林老师留了下来。

"晓唐爸爸,这是从高三开学以来的所有成绩单。"林立把五张成绩单按顺序摆在了桌子上,还用红笔把我的排名圈了出来。我眼瞅着我爸的神情变得阴沉了起来。

"您也看到了,晓唐的成绩出现了下滑,在数学和文综这两块尤其明显。"林立吞吞吐吐地说,不知为什么我觉得他的语气里还有一丝歉意。

"这种情况我们该怎么办呢?"我爸沉默了几秒后问道。

"您看,现在自主招生和艺术特长生的名额已经下来了。"林立拿出一沓早就打印好了的材料递给我爸,"晓唐又有写作方面的特长,她自己也爱好这个,发表了不少文章,倒不如考虑考虑这方面,做两手准备,也是一个上重点大学的办法。"

我爸二话没说就答应了,对林立连连表示感谢。事情的发展和蒋正则预想中的一模一样,我甚至都觉得顺利得有些不真实。

出了学校之后,我爸对我说:"想吃什么吗?"

"不用了,我还得回去复习呢,本来我想周末去看看小铭轩和冯阿姨的,但是可能不行了,"我表现出对成绩下滑感到十分难过的样子,"就算是考特长生……"

"晓唐,你跟爸爸说实话,你到底是真的跟不上,还是故意的。"我爸严肃地看着我。

我一时间愣住了,呆呆地看着我爸。我原本以为经过林立刚才的那一番话,还有我那精心编排的成绩单,我爸已经彻彻底底地相信他女儿就是跟不上了,才会对这个糟糕的成绩进行妥协。

"如果你真的喜欢创作,这可以。但如果只是为了逃避高考,那就真的没有这个必要。"我爸叹了口气,"只是你已经大了,要对自己的行为负责任。这个考试,有可能考上,也有可能考不上,你会发现这个世界上有比你能力更强的人,还有很多超乎能力本身的因素,当然这其中还要耗费大量的精力和时间。"

我点点头,心情从刚才的窃喜一下子跌回到了现实,我爸果然没有林立那么好骗。

"如果你想好了,就报名。"我爸把林立刚给他的那沓招生简章递给我,"就是有一点,别再考出这次这种分数了。"

我接过那沓A4纸,刚上车忽然想起了什么,于是问我爸:

"爸,你是怎么发现的啊?"

我爸看了我一眼说:"因为我是你爸。"

从家长会开始,我就和赵维维、萧湘子一起,迈上了属于自己的那一条跑道。为了熟悉各种类型的题目,我把蒋正则送我的那本艺考指南上所有的练习题都抄成了小纸条,每天上学临走之前抽一个,从家到学校的短短十几分钟之内,在脑子里想出一个完整的故事。

夜自习之前休息的短短一个小时,我也用来准备可能会考到的文学常识,这一部分并不难,都是常见的作家作品。而文综部分总是搞不懂的知识点都抄在了小本子上,课间操站队的时候也拿出来看看,生怕一不小心,就被身边全力以赴的人群甩在了最后面。

一天下午,蒋正则拿来了一个塑料泡沫球放到了桌子上,随手把一根空的中性笔芯管插到了上面。

"这是什么啊?"我一边默写着李贺的《雁门太守行》一边问。

"晓唐,我们做个计划,把用光的中性笔笔芯都插在上面,插满为止。"蒋正则把那个泡沫球放到了窗台上,旁边是高二分班时林立专门买来的绿萝，每个窗台上都有。

"这么大怎么能插满啊？"

"有我们啊。"赵维维说着从笔管里抽出一根用完了的笔芯插在了上面，"等全都插满了的时候，梦想就都实现了。"

话还没说完，就有好几个同学跑过来插上了自己用完的笔芯，我忽然觉得有些感动。不论是戏剧学院考试还是高考，我们都在差不多的年纪经历着相同的事情，有着相同的梦想和烦恼，没有一个人会被遗忘。

随着倒计时牌渐渐走向还剩200天的时候，楼上的理科实验班和隔壁的8班都取消了体育课，一律改成上自习，每位老师都一脸严肃地强调着哪个是送分题，哪个是一级知识点。宋彬下课时说，理科实验班已经有三个在上课讲卷子时忽然哭着跑出去的女生了。似乎除了林立，所有人都或多或少显露出了疲惫和不安。

"老师，下节体育课咱班上什么啊？"宋彬在林立出教室之前问道。

"体育课当然上体育了。"林立一副理所当然的样子说，"搞好了身体才有精力学习嘛。"

蒋正则拿着篮球跟宋彬下了楼，这时我想起还有一套新的词组卷子我们还没数。这段时间都是蒋正则在做课代表的工作，我挺过意不去。就在我站在办公室的门口准备喊报告的时候，听到办公室里两个老师说：

"7班这次月考均分比8班低多了。"

"分班时候就不是平均分配的，8班就比7班成绩好，吴老师点名要求的。"

我愣了一下神，以为自己听错了。林立之前说过，分班的时候是按照排名平均分配的，所以第一次家长会上，才有那么多的家长问他为什么分班时水平一样的两个班，7班却总是排在第二名。原来从一开始，这两个班就根本不在同一个起跑线上。

我忽然能体会林立在第一次家长会时被要求换掉的心情了。在我们眼里什么都能解决的林立，刚毕业就能撑起整个7班的林立，永远鼓励着大家变成自己想要成为的人的林立，为了我们每个人隐藏了这个令人无能为力的事实。直到这时我才感觉到，成人的世界，不是真的像我们看上去的那样友好。

林立这时恰好从走廊的另一头走了过来，手里拿着一个大地球仪。我的内心涌起了一阵莫名的感动，冲着林立没头没脑地大声说了一句："林老师，我以后一定好好学习。"

林立显然是被我弄蒙了，连着说了两遍"老师知道了"，一边走还一边回头看我，仿佛重新认识了我一样。

说完之后我自己也觉得怪丢人的，飞也似的向楼下跑去，大多数人已经站好队了，我默默地站到了萧湘子旁边，开始跟着全班人一起做准备运动。

"晓唐，参加自主招生考试是不是要穿得好一点啊？"萧湘子在做转体运动的时候悄悄问我。

"应该是吧。"我想起了蒋正则给我的那本艺考指南里写的"考生应当穿着大方得体，体现出较好的审美能力和中学生应有的青春朝气"，然后对萧湘子说，"我觉得不能穿得太随便，还是得穿好一点。"

"那你说穿什么合适啊？"萧湘子拉着我脱离了跑步的人群，我听到体育老师小声说了一句，"怎么这孩子总见习啊"。

"穿衬衫和小外套行吗？"萧湘子给我看她校服里面那件绣着小熊的格子衬衫。

"我觉得行。"我们两个人坐在单杠上，看到赵维维再次回到起跑的地方，随着哨声跑向了她想要抵达的方向。体育老师在远处拿着秒表，满意地点了点头。

"如果我没考上自主招生考试，还能跟林思达考到同一个学校吗？"

"肯定可以的。"我拍了拍萧湘子的肩，却不知还能用什么话来安慰她。自己前途未卜的时候还去安慰别人，只能叫做自欺欺人。

曾经也有人在图书馆的天台上跟我说过，以后要考到同一个大学，而这个人现在在地球的另一端，跨越了一百多个经度，就连见到同一片阳光都成了一种奢侈。陆悠鸣就像是午后一场绵长的梦,梦醒之后依然是窗外车水马龙的傍晚和独自一人走过的严冬。

"晓唐,我觉得你们一定会再见面的,那时候你们都会变得比现在更好。"萧湘子似乎看穿了我的心思。

"嗯,一定会的。"

体育老师冲着我俩招了招手,又气急败坏地吹了两声哨,我看到赵维维在他身后冲着我俩吐了吐舌头,再度站到了跑道的尽头。

我这时才意识到,把内心深处最隐秘的理想变成现实,的确需要一番勇气,而不够好的我们,一直都在用自己的方式努力啊。

一轮复习在寒假之前匆匆结束了,那天是小年夜,也是林立的生日,一个星期之前,宋彬就计划着给林立在班里过生日,蛋糕就藏在我和蒋正则的课桌下面。

"你俩可看着点,别让暖气给烤坏了。"宋彬不放心,每节课下了课都往我俩这边跑。

"宋彬你要是不放心,那就放你那边吧。"最后一个课间,忍无可忍的蒋正则一边说一边就要把蛋糕拿出来。

"这怎么行啊,说好了给立哥一个惊喜的。"宋彬赶忙说。

"没看出来,你还挺细心啊。"我调侃宋彬。

"其实不是我提的。"宋彬挠了挠头不好意思地笑了，"是奥运选手提醒我的。"

宋彬一边说，一边看了看赵维维的座位："你别看赵维维平时大大咧咧的，这些事儿比我可记得清楚多了。作为班长，深感惭愧啊。"

宋彬摇了摇头，回到了自己的座位上。

正在这时，林立进了班，不知道是因为要放假，还是要过生日了，感觉今天的他比平时还要充满活力，但是我却注意到，他后脑勺上的头发又揉得乱七八糟的了。

快到下课的时候，林立问道："大家还有什么问题吗？"

宋彬赶快举起了手："老师，今天是什么日子啊。"

"今天是这学期最后一天啊。"林立莫名其妙地抬起头看着大家，宋彬示意我和蒋正则赶快把蛋糕拿出来。林立看见了，感动得话都说不出来，一个劲儿地在讲台上转圈，如果穿上校服的话，看上去就像是7班的一位男同学。

"林老师，许个愿吧。"蒋正则点完蜡烛对林老师说。

"那我就祝咱们班同学都考上理想的大学吧。"蜡烛映在林立的眼睛里显得格外的亮。

"林老师，别光为了我们许愿啊。"眼尖的宋彬一眼就看到了林立手上多出来的一枚戒指，"得留个愿望给您自己。"

"你们这帮孩子啊。"林立笑着拍了拍宋彬的肩。

宋彬这么一说，坐在前面的同学都看见了林立手上的戒指。林立这回反倒不好意思了，赶忙让大家一起过来吹蜡烛。

分蛋糕的时候我和萧湘子才发现，后门半掩着，赵维维不知道什么时候跑了出去。

我顺着窗户向外面看去，操场上唯一的那个人影，在灯光之下显得勇敢而又悲凉。

part 18

如果
能再见面就好了

✕

除夕的那天晚上,我从我爸那边回来,跟姥姥在家看着晚会,偶尔看看班级群里有没有人说话。我妈之前来过电话,因为什么原因我忘记了,总而言之就是今年依然没法回来过年,而我也早已习惯了这样的生活。晚会不是特别好看,我姥也没什么太大的兴致,我们就一边换着台,一边聊着天,说家里的事情,也说班里的同学。

就在快到十二点的时候,我的手机忽然响了起来,是一串不规律的数字,我以为是我妈,接起来之后听到对方说:

"晓唐,新年快乐。"

我愣了一下,把遥控器放到桌子上,慌慌张张地跑回了屋里。

"新年快乐。"我刚一关上门就对着电话另一端的少年说。

"干什么呢,这么久才说话,我以为打错了呢。"陆悠鸣说。

"那屋信号不好,我换个地方。"我坐在窗边,看着外面放烟花的小孩子们。

"对了,你要去考试了吧。"陆悠鸣问道,"去北京吗?"

"对啊,是去北京考。"好几个月没有听过他说话,我恍惚觉得这段谈话有些不那么真实。

"我高考之前会回去一趟。"陆悠鸣试探性地问,"我们能见面吗?"

"如果顺利通过考试的话。"我说,心里却并没有十足的把握。

"如果能再见面就好了。"

"是啊,如果能再见面就好了。"我从来都没有这样期待过一次见面,见到一个更好的陆悠鸣,成为一个更好的自己。

"晓唐,我真的……"

十二点到了,外面此起彼伏地放起了鞭炮,我最终还是没有听清陆悠鸣究竟说了什么,只是趁着喧闹对着电话小声地说了一句从来都没能说出口的话。

就是喜欢你啊。

对啊，我就是喜欢你啊，所以与这个世界温柔地和解，跟你一样坚持着自己的梦想，竭尽全力地变得比昨天更好一点，就是为了再见面的时候有勇气说出那句"喜欢你啊"。

站在十七岁末尾的李晓唐，你要变得更好啊，我看着窗外的烟火暗自下定决心。

刚过了初八，高三年级就进入了二轮复习。虽然是假期补课，却一点都不比平时上课轻松，我甚至觉得脑子里装了一个筛子，一点点地把之前明明记得的公式和方法都筛了出去。挫败感和紧张感一同向我袭来，有这种感觉的也不止我一个人。赵维维刚被历史考试虐得体无完肤，就挂着眼泪开始了接下来的训练。一向对成绩没那么关心的宋彬，在月考成绩单发下来之后，也一脸严肃地跑遍了所有老师的办公室。走廊里到处都是穿梭在各个办公室之间的同学，问问题的人已经排到了办公室的外面。

不只是我们，就连老师都变得异常焦虑和急躁。

"抽象名词具体化用'a'啊。"离放学还剩十分钟的时候，英语老师拍着黑板苦口婆心地说，"怎么能用'the'呢？这是个送分题啊，同学们！"

宋彬忽然叹了口气趴在桌子上，这下可好，全班有一多半的人也跟着唉声叹气了起来。英语老师这下也不拍黑板了,反倒是笑了。

"行了行了,都歇两分钟。"英语老师一边说一边摘了衣服上别着的麦克风。从年前补课开始,学校就给每个班都配了麦克风,经常是我们在班里上着地理,外面就传来了隔壁班讲数学的声音,用宋彬的话来说,就是"一门功课,n种享受,n小于等于6"。

"老师,您高考时候紧张吗?"萧湘子趁现在不讲课问道。

"一模的时候紧张,反而到了高考就不紧张了。"英语老师想了想说。

"老师,那您当时是因为英语学得最好所以报了英语系吗?"赵维维也问了问题。

"也不能算是最好,但是是最喜欢的。"英语老师想了想又补充道,"只不过我当时想做的是文学翻译,就像朱生豪、傅雷那样的。"

"那后来呢?"赵维维继续问道。

"后来啊,我发现还是教学更适合我,何况文学翻译业余也能做。"英语老师推了推眼镜,"每个阶段的理想都是在变化的,我们要做的就是把握好现在,所以把'五三'拿出来,我再划几道题。"

我一边划着题一边想,五年后的我会不会成为编剧,穆沐会不会成为画家,陆悠鸣会不会有更多关于"0"和

"1"的发现，我们会走向什么样的路，变成什么样的自己，这些我都不知道，我们都在这段时光里把自己设定成了一个应该成为的模样，横冲直撞地向着那个遥不可及的目标飞驰而去，从来都没想过通往理想的那条路上有多少的节外生枝，只是固执地以为只要努力就能到达远方。

下课之后我和萧湘子去打水，刚拧开瓶盖就听见有人说美术生联考的成绩出来了，我把水杯往萧湘子手里一塞，就向楼下跑去。

育文和崇理一样，美术生不多，名单就只有一张纸，贴在一楼一进门的公告牌上。现在是课间，却只有零零星星的几个人注意到了这张名单。我用手指向下划着，每划过一个人，心跳就加快一分，仿佛去参加联考的不是穆沐，而是我。

终于在划过了二三十个人名的时候，我在名单靠近末尾的地方看到了穆沐的名字。两个字就那样静静地在纸上躺着，像是那些在画室时枯燥却柔软的时光。

亲爱的穆沐同学，我们北京见。

一个星期之后，我踏上了前往北京的列车。

那天是元宵节之后的第二天，我独自一个人把旅行箱提上了站台，火车开动的一刹那，我看着渐渐远去的冰雪，心里慢慢膨胀起了一个希望的气球。

车上有一多半都是我这么大的高中生，基本上都是家长陪着来的，有的背着乐器，还有的和穆沐一样背着画板。我恰好买到了下铺，看着来来往往的学生和家长，就像是在看一部加长版的群像式话剧。

我的对面是一个头发有些长的男同学，戴着耳机，一言不发地看着笔记本，时而写一些文字。这节车厢几乎没有空位，却安静得让人觉得压抑。坐在窗边的女孩看着跟我一样的练习册，手里还拿着荧光记号笔。旁边坐着的应该是她的妈妈，看看女儿，再看看被甩到身后的风景。我掏出了之前总结过的笔记看了看，不知不觉就睡着了。

不知道过了多久，我在睡梦中被人推醒了。睁开眼发现，是我对面那个不说话的男同学。他指了指朝着我们这边走过来的检票员，又拿起了自己那本包着书皮的书。

我手忙脚乱地把铺位卡递给检票员，又把换回来的车票小心翼翼地塞进了羽绒服的口袋里。手指忽然碰到什么东西，发出了一阵叮叮当当的响声。是我临走之前装到兜里的八音盒。八音盒我始终带在身上，手帕也工工整整地放在书包最里面的口袋里，我深谙努力才能幸运，但带着它们多少会觉得安心。

北京总是人来人往，就连早上也不例外，我深吸了一口气，越过叫卖的人群向地铁口走去。早前我就和穆沐说好，如果她通过了联考，我爸允许我来参加考试，我们就一起住，只不过关于和陆悠鸣的约定，我只字未提。

地铁站里人很多，几乎每个人都露出了赶早班地铁才有的疲惫。二号线没有屏蔽门，这让拥挤变得更加紧张和危险。等了大概两班车，我终于随着人群跌跌撞撞地上了地铁。大约四十分钟之后，我在惠新西街南口下了车，正要给穆沐打电话的时候，发现不知什么时候背包的拉链被拉开了，我紧张地向里面摸去，发现钱包不见了踪影。

正在这时，穆沐打来了电话。

"晓唐，你到了吗？"穆沐听上去像是没睡醒的样子。

"小沐，我把钱包丢了。"我努力地想让我的声音听上去平静一些，那个小钱包里没有身份证和银行卡，只有一些零钱，还有那张我和陆悠鸣唯一的合照。

"你等我，我马上到。"穆沐顿时清醒了过来。

到北京的第一天，我们没有去戏剧学院，也没有去穆沐最想去的美院，反倒是在派出所待了一个上午。常规的问询之后，民警叔叔看了看我提着的行李箱问道：

"来北京干什么啊。"

"我们是来参加考试的。"我和穆沐一起说。

"就你们两个人？"民警叔叔问，"父母没跟着来吗？"

我和穆沐互相看了看对方，接着穆沐说："父母太忙了，没时间。"

"自己来北京，多小心着点。"民警叔叔叹了口气，"我们家孩子也跟你俩差不多大。"

说完把我们送到了门口。从派出所出来时，已经是下午一点多了，阳光之下马路上的灰尘格外明显，我没有地图，也不知该往什么地方走，这时的我忽然体会到了之前从没预料过的艰辛。

"晓唐，你怎么来北京了？"我跟穆沐正在研究往哪边走的时候，听到有人叫我，回头一看，是程云皓。

"学长，你怎么在这儿？"这么久没见，我以为他早就忘了我。

"我学校在那边啊。"程云皓指了指前面，"倒是你，来北京干什么啊，参加自主招生吗？"

"嗯，算是吧，考戏剧学院。"能在北京见到程云皓，真是不可思议的事情，我想问问他程云霄学姐怎么样，想了想还是忍住了。

"走吧，带你俩去学校里面吃个饭。"程云皓说完就从我手里把行李箱接了过去。

我和穆沐都是第一次在大学食堂里吃饭，看着来来往往端着餐盘的哥哥姐姐，觉得新鲜得不得了，明年的这个时候，我们也会过上这样的生活吧。

"听我妈说，我家以前隔壁住的那小子出国了。"程云皓喝了一口汽水问我。

"嗯。"我点点头。

"我妹也打算去交换了，昨天还说这个来着。"还没等我问他俩现在怎么样了的时候，程云皓就趁机问我，"哎，你是不是还喜欢他啊？"

我连忙摇头，却看到穆沐在旁边用力地点头。

"你怎么就喜欢这种傻小子啊。"程云皓半开玩笑地说。

是啊，可我不也是个傻姑娘么。

"好好考试，到时候请我去戏剧学院吃饭啊。"程云皓把我俩送上出租车的时候说。

到了旅馆，我把箱子放在门口，从兜里掏出那只八音盒摆弄了几下。穆沐蹲在地上填补着颜料盒，听到声音后抬起了头。

"陆悠鸣送你的？"穆沐问我。

"是啊……"我欲言又止。

"他什么时候回来啊？"穆沐饶有兴致地问，手上却一点都没停下来。

"高考之前吧。"我犹豫了一下，还是告诉了穆沐。

"晓唐，那时候你肯定拿到专业合格证了。"穆沐兴奋地说，"能再见面就太好了。"

"对啊，如果能再见面就好了。"我跟穆沐说着，心里却突然没了底。坦白说，我已经把和陆悠鸣见面这件事等同于通过了戏剧学院的考试，时间一长，就混合在一起，都变成了理想。

初试并不难,很多题目的形式都出自蒋正则送我的参考书,内容不完全一样,但凭借着之前的复习和积累,还是顺利答完了卷子。

看榜的那天人很多,我被挤到了人群的最后面。往后退的时候撞上了一个人,我回头看去,是火车上我对面的那个戴着耳机的男同学。

"你也考这所?"他摘下耳机,意外地问我。

"嗯。"我点点头,觉得真是不可思议,"文学系,你呢?"

"我也是文学系,还有电影学院的导演系。"他指了指墙上贴着的名单,"通过了吗?"

"通过了。"我笑了笑,遇到同路人的感觉真不错。

"都是缘分,喝一杯奶茶吧。"他指着南锣鼓巷里面的一家奶茶店说。

这个男生叫庄禾,比我大一岁,是附中的学生。今年是第二次参加戏剧学院的考试了。我很想问一问为什么不报考别的学校,却忍住了。大概庄禾和我是一类人,除了自己最想去的学校,其他再好,都只能叫做将就。

"希望三试的时候我们还能再见面。"我对庄禾说。

"嗯,如果能再见面就好了。"庄禾摆了摆手,上了一辆公交车。

　　回去的路上,我在地铁里看到了一群和穆沐一样背着画夹,提着颜料盒的同学在讨论刚刚结束的考试。一个和我差不多高的女孩子用手握着栏杆,左手大拇指关节那里生了一个冻疮,红肿着。就在她想要挠一下的时候,同行的一个男生对她说不能挠,挠破了就会感染,那样之后的考试一定会受影响。

　　女生点了点头,把手指上起了水泡的地方放在冰凉的栏杆上按了按,之后把手放进羽绒服的口袋里,继续和其他人讨论起了接下来考色彩的时候应该注意些什么。

　　我想到了在操场上奔跑的赵维维,大雪天提着颜料盒的穆沐,还有背着大提琴最后一刻才匆忙上了火车的女生。梦想之所以是梦想,就是因为除了努力,从来都没什么捷径可以走。

　　复试的前一天晚上,我和穆沐在外面吃着火锅,她刚刚考完美院的初试,复试结果在三天后才出。

　　"晓唐,你说如果我考不上美院怎么办啊?"穆沐一边往锅里放生菜一边问我。

　　"不会的,你肯定能通过。"我坚定地说,"给你的颜料都留在考场了吧?"

　　穆沐透过水蒸气看着我摇了摇头,"我没把颜料留到考场。"

"啊？"

"有个女生进场之前发现没带白颜料，我就给她了。"穆沐夹起一块鱼豆腐放到盘子里，"没了这个她基本上就算是完了。"穆沐随手把别在辫子上的发夹取下来，把刘海全都别了上去，"再说留给别人也是留了。"

"晓唐，你一定要见到陆悠鸣啊。"穆沐对我说。

复试成绩放榜的那天，我去得比较晚，远远就看到通过名单比第一次放榜时少了一大半。名单前面还是站着一群人，有的人在拍照，有的人在聊天，还有一个女孩儿在看完名单之后就哭着跟家长回去了。我向四处看去，没有看到庄禾的身影，心想他应该是早看完回去了。我挤到了人群的最前面，一眼就看到了我的考号写在了第三排的第一个。庄禾的考号是多少我不知道，于是又等了一会儿，直到人群渐渐散开。

在地铁上，我往庄禾之前留给我的电话号码发了信息，没有回复，应该也是在回去的路上。三试在明天早上的九点半，所有人都在同一天，我应该还能见到他，还有之前在考场上就约定好的同学们。出了地铁，我就给我爸还有林立打了电话，林立千叮咛万嘱咐让我千万别紧张，用他的话来形容就是最后一锤子买卖一定要稳。挂了电话，就看到手机上来了一条短信，是庄禾。

"晓唐,你要带着我的梦想一起加油啊。"

我写了很多字,又全都删掉,最后只回复了一条"好的"。北京的晚上很冷,人很多,每一双脚踏在地上,都是梦的声音。

这一晚,我睡得一点都不踏实,除了紧张之外,更多的是兴奋。走了这么久,想念了这么久,终于跟跟跄跄地来到了这里,写想写的故事,见想见的人。

早上我走的时候,穆沐还睡着,她刚收到了复试通过的通知。

从我们住的地方到戏剧学院,前后不过半个小时,来来回回已经走过好几遍的路,今天却变得格外陌生。十七岁的我,终于说服了家人,说服了老师,走到了理想的最后一站。七岁时说的梦想,十年之后搭上了时间与精力,站在理想边上的我,忽然有些怀疑这一切究竟值得不值得。

"同学,请出示准考证。"候考区的老师说。

我掏出准考证,把自己的名字写在了名单的最后面。写名字的时候我扫了一眼,之前相约在这里见的同学,出现在名单上的却寥寥无几。剩下的人带着理想继续披荆斩棘,走完最后的一段旅程。

坐在候考区的教室里,身边都是有些熟悉又有些陌生的面孔。这时我前面的女孩儿回头问我是多少号,我说是第八个,她说她是第七个。我俩的对话打破了之前沉默的空气，教室里说话的人也多了起来。来参加考试的人基本上分两类，一类是当成了梦想，另一类则当成了救命稻草，然而考试从来都不会因为动机的不同而有所区别。我发现除了我之外，几乎所有人都报了好几所学校，我甚至觉得自己的一厢情愿有些愚蠢。坐在我旁边的男生聊着聊着忽然问道：

"哎，你们说，如果走到这一步被刷了，怎么办啊？"

这样一句话，就拆穿了每一个人不成熟的伪装。

"还有其他学校啊，实在不行，就回去高考了呗。"沉默了一小会儿之后，排在我前面的女生说，"要不就复读，但是机会也不大，我们那儿今年课改，下一届的课本都跟我们不一样……"

就在这时，监考老师叫了从第五到第十号的考生，我们出去的时候，每一个人都说着加油。监考老师似乎已经对这样的场景习以为常了，一脸程式化的严肃，带着我们走向了走廊尽头的考场。

我前面的女生出来时，抓了抓我的手，很久之后我都能记起她指尖的温度，即使我再也想不起她的脸庞。我敲了敲门，听到里面说"请进"之后，就深吸一口气进了考场。

面试的过程不算是最好的，也不算是最坏的，勉强可以算作顺利。大约十五分钟后，我走出了考场。墙上的名单已经被吹掉了一半,我把地上散落的名单都捡了起来,用自己的胶带贴到了墙上。

　　名单上的每一个人,我们一定会再见面。

part 19

如果
没有梦想就好了

✕

从北京回来的第二天一早,我就去了学校,当时刚刚六点半,班里只有一两个人。我刚要把书包放到课桌里,就看到里面塞了六沓叠得整整齐齐的试卷。讲台上那个塑料泡沫球已经快要被用完的笔芯插满了,倒计时牌上的数字即将从三位变成两位。

"晓唐,你回来了。"蒋正则刚一进班就看到了我。

"嗯,我回来了。"我说着就把笔管里用完的笔芯插到了那个泡沫球上。

"我觉得也差不多了。"蒋正则把一沓复印好的笔记塞给我,"萧湘子昨天回来的。"

我翻开蒋正则递给我的那沓笔记,一下子紧张起来,好像已经被所有人甩在了后面。

"话说回来，考得怎么样啊？"

"我觉得挺顺利。"我想了想又说，"结果还不知道呢。"

"我跟宋彬都说，希望你们晚点回来，越晚越说明考试都通过了。"蒋正则说，"接下来就是好好复习文化课了。"

我回来之后的第三天，赵维维也回到了班里，林立看着全班没有一个空座，满意地对大家说，最后这一百天一起加油，谁都不许掉队。

然而谁都没想到，最先败北的人，居然就是我自己。

那天晚上，我坐在电脑前面，连着输了三遍考号和身份证号，显示的结果都是"未通过"。

穆沐在电话的另一旁焦急地问着，我却打死都想不出来为什么没通过面试。最后说了什么，我自己也不知道。恍恍惚惚地洗了把脸，又去查了一次成绩，身份证号还没输完，就趴在电脑前面哭了。

我爸早就跟我说过，不论成功还是失败，我都应该学会接受结果，但实际上，我口口声声说着的长大，根本只是一个伪装。我试图伪装的东西太多，甚至都忘了自己本来的软弱。直到梦想给了我一记耳光的时候，我才发现这么多的伪装，也经不起任何的风浪，我始终还是一个无法面对失败的未成年小鬼。

这个夜晚，是我人生中第一次彻彻底底的失眠。我蜷缩在床上，想到林立的期待，我爸的期待，浪费的时间，还有坚持了这么久的梦想，最终全都被辜负了。我没有任何一个时候比现在更害怕早晨的到来，就连见到班里每一个努力前行的人，都能让我感到压力与羞愧。说好的谁都不许掉队，我却最先败下阵来，被甩在了队伍的最后面，越落越远。

早上一进班，我刻意避开了林立的目光，躲躲闪闪地坐在了座位上，拿出之前没有写完的卷子，却一个字都看不进去。林立在早读时说，萧湘子通过了自主招生考试，可以降二十分录取，赵维维也顺利拿到了华师大的体育特长生资格。后面的话我一句都没听进去，只记得林立最后说：

"通过考试的同学不能骄傲，没出成绩的同学也不要着急。"

我坐在座位上，盯着面前那张崭新的文综试卷，觉得自己根本就不配坐在这个教室。

"晓唐，你出成绩了吗？"蒋正则问我。

"还没呢。"我装出一副很忙的样子对他说，"哪能这么快啊。"

"我相信你，没问题的。"蒋正则拍了拍我的肩，随手拿起我俩的水杯去接热水。

我抬头看了看黑板上的倒计时牌，距离第一次模拟考试还有一个多星期，我手里有的只是一沓老师之前早就讲过的空白试卷，没来得及看的笔记，还有不知该如何开诚布公的失败。明明是一出好剧，却演得人仰马翻。

我逃掉了课间操，一个人站在走廊里发呆，看着操场上整齐划一的队伍，还有队尾打闹的同学，觉得他们都离得我那样遥远。

各类考试的通过名单在学校刚一进门的地方持续更新着，每天都有认识或者不认识的名字出现在上面。我却在别人驻足围观的时候，加快了逃离的脚步。生怕被认识的同学问到考试的情况，再度揭开这个伤疤。

就在第一次模拟考试的前两天，穆沐也回来了，跟着她回来的，还有中央美院的专业合格证。我不是什么合格的朋友，本来应该是最高兴的时刻，我却难受得一句话也说不出来。大概我经历过的孤独有这样几种：本以为下雨的天气只有我一人撑伞，说好一起走的旅程我却独自把你送上站台，怀揣梦想的旅途却唯独我名落孙山。

我担心自己是那种令人扫兴的朋友，于是把穆沐甩在了身后，在她的面前关上了班级门。

我亲爱的穆沐同学，不是我不高兴，而是一个失败的我，怎么有资格分享你的幸福呢？说来说去，都是我不配而已。

第一次模拟考试的早上，林立站在教室的门口，还对我说别紧张，艺考成绩没出来就先考文化课。我点点头，不知道该怎么和林立说这件事，就像是一个没事儿乱吹牛的孩子被当场戳穿一样无地自容。

两天的考试，我没有任何一点的紧张感，甚至考完试之后听到别人谈论题目也觉得那样陌生。赵维维拿着抄在准考证背后的答案紧张兮兮地找我和萧湘子对答案，也被我借口去办公室数卷子躲开了。宋彬和蒋正则都察觉到了我的反常，却只是安慰我成绩还没出来不要紧张。他们越是充满期待，我就越是难过，不知道该如何面对这份沉重的友善。

一周之后中午快放学的时候，林立叫我去了办公室。

"李晓唐你最近学习怎么样？"林立面无表情地问我。

"就……还行吧。"我强打起精神对林立说。

"还行是什么?!"林立有史以来第一次把我的一沓试卷连同成绩单一起摔在他的办公桌上，拍着桌子对着我大喊，"李晓唐你怎么回事儿，你不想学了就直说！"

我呆呆地站着，就像林立说的是别人一样。一模的成绩单就摆在林立的桌子上，我却连自己的名字在哪儿都懒得去找。

"文综历史大题空白，英语阅读少做一个，你到底怎么回事儿啊？"林立气急败坏地翻着我的卷子，"一上午都三个老师来找我了。"

我看着林立生气的样子，觉得自己应该特别难过，然而却无论如何都无法产生一种愧疚的情绪，只是一句话不说，低着头站在办公室，任凭其他班的同学和老师看着自己。

"老师觉得你本来不是这样的。"林立叹了口气。

这句话却像鞭子一样打在我身上，我就这样一次又一次辜负了所有人对我的期待。

从林立办公室出来已经放学了，班里的人几乎走了一多半。我把那沓卷子连同成绩单一起塞进了书包，背着书包出了班门。北方春天的风刮得眼睛特别疼，我却像患了干眼症一样，都没办法用风当借口流下眼泪。

我坐在操场旁边的栏杆上，看着风把操场上的塑胶颗粒吹得滚来滚去，在阳光下掀起一小片灰尘。不论是程云皓还是赵维维，他们都在这几条跑道上流过汗水。人人都说努力会有回报，而真理却还是倔强地站在了少数的一方。

就在这时，我的手机在书包里振动了起来，我从来没有哪一刻像现在这样想要从陆悠鸣的世界里逃离。说好的通过考试就见面，说好的变成更好的人去见他，到最后什么都没实现。实现了的叫梦想，实现不了的就只是自不量力。

所以说，如果没有梦想就好了。

我看着陆悠鸣的号码出现了十几遍，却怎么都没有勇气按下通话键。本来应该变得更好再去见面的李晓唐，现在却成了最糟糕的模样。

我把电话卡取了出来,装到校服的口袋里,心里难过得不得了。

不知道过了多久,学校里的人又多了起来,有趁上课之前的一点时间踢足球的高一同学,还有穿过操场往教学楼走的同学。有几个同学跟我打招呼,我只是勉强笑了笑,提不起精神来。

预备铃响了,我正要往教学楼里走,有人叫住了我。

"李晓唐,干什么呢?"林立提着一袋子教案问我。

"老师,我上课去了。"我低着头就要往教室走。

"还剩十分钟上课呢,跟老师聊聊。"林立坚持说,这时从操场的方向滚过来了一个足球,林立跑上前去踢了一脚。

"晓唐,其实我像你这么大的时候,也有梦想的。"林立坐在教学楼门口的台阶上对我说,"我当时想当足球运动员,可是初选就被淘汰了。这对十几岁的孩子来说就是天大的事儿了,我当时还觉得,如果没有梦想就好了,就不会那么难受了。"

我坐在林立旁边的台阶上,终于哭了起来。这些日子以来的委屈,惶恐,迷茫和失望一股脑儿地涌了上来。林立并没有说让我不要哭之类的话,只是坐在我旁边看着操场上踢足球的同学们。

"林老师，我真的不知道自己哪里做得不对。"我语无伦次地对林立说，"我也不知道到底是哪里出了问题。"

"晓唐你觉得，考试就等于梦想吗？"林立回头看着我问道。

我忽然愣住了，我一直都把这场考试等同于梦想本身，通过考试就能变成更好的自己，通过考试就有理由去见陆悠鸣，通过考试就是实现梦想，唯独忘了一件事，从来都没有人规定梦想只能用考试来证明。

"考试是梦想的一个途径，甚至说是一个捷径。"林立继续说着，"但是不代表考试没通过，梦想就要彻底放弃。你喜欢创作，这没问题，这很好，但不代表你除了这条路就无路可走。中文、新闻、社会学，你可以创作的方向是无穷无尽的。我不知道这么说能不能让你好受点，但只要努力，事情就不会比现在更糟糕。说不定未来的某一天，你会把这段经历写成故事呢。"

"可是林老师，我落下的太多了。"我看着那张不堪入目的成绩单，觉得就连努力都找不到方向。

"最后这两个多月，你不放弃，我们也都不放弃。"林立一边说，一边从他的袋子里抽出一个教案本递给我，"你落下的内容都在这儿呢。"

"老师，您是怎么发现我没通过考试的啊？"快走到班里的时候我问林立。

"我也有过梦想啊。"林立说着就进了办公室。

我刚走进教室,就看到蒋正则拿着我的练习册,用铅笔在上面圈点着,宋彬从前面转过身给他念着题号。每一道我不在时讲过的题目,都被清清楚楚地作了标记。我太过于沉溺在自己的失落里,甚至都没发现,自己竟然被身边的人这样善待着。

"晓唐,你错过的内容都标注好了,你照着做,很快就能赶上来了。"蒋正则看我进来了对我说。

"对啊,你再不振作起来,可就对不起我们了啊。"宋彬一本正经地对我说。

我事后想想,当时自己一边哭一边笑的样子,在同学眼里,一定特别难看。

我想象了无数次我爸得知我落榜的消息是什么样子的,然而在两天之后的家长会时,我爸居然平静地接受了这个事实。我以为他会责怪我浪费时间、浪费精力,他却只是说好好复习。我点了点头,从那天起,我再也没有迟到过。

趁着老师还没有讲评试卷,我在周末重新用考试的标准做了一次模拟考试的题。周一一大早就拿给了各个老师重新批改。走到数学孟老师办公室的门前,门明明开着,我却犹豫了。

孟老师抬头看见了我，招呼我进去。我忐忑不安地拿着重新做过一遍的试卷，生平第一次开口跟数学老师说出了我的不安。

"老师您说，我还有救吗？"我胆怯地问道，数学一直是我的软肋，自从学上了立体几何，我就连跟孟老师打招呼都变得没了底气。昨天做这套试卷的时候，我的心情甚至比之前面试的时候要紧张。"晓唐，老师觉得你并不是真的差，只是你心态没调整过来。"孟老师看都没看我的卷子就对我说。我一直觉得孟老师就是那种距离我很远的老师，毕竟学得不好，多多少少就丧失了和老师拉近距离的权利。

"老师，我真的想把之前落下的补回来。"我鼓足勇气，红着脸对孟老师说，然后低着头，等待她拒绝。

"晓唐，其实我以前一直都觉得，你好像并不喜欢数学。"孟老师却跟我说起了习题之外的内容，"你语文很好，外语也不错，唯独数学总是差那么一点儿，我还反思过，你们这些孩子到底是不喜欢数学，还是不喜欢我。"

我从来没想到，一向看上去那么严肃的孟老师，居然会对我说这样的话。我一直以为她永远是傲视整个文科班的存在，不会有任何的自我怀疑。

"我就是学不好数学，越学不好，就越怕您。"我终于说了实话。

"我有那么可怕啊?"孟老师居然笑了,"考试的事情林老师都跟我说了,从明天开始,每天下午第三节自习课来我办公室吧。"

回了教室,我才意识到,其实一切都才刚刚开始。

part 20

如果
我们都不会变就好了

×

    这一年的春天，比以往来得更晚，却走得比任何时候都早。知了和着风声越叫越响，走廊里却越来越安静。就像是在准备一场盛大的筵席，每个人都在用手里的笔缝制着一件只属于自己一个人的新衣。我时常在往返于孟老师办公室的路上遇到穆沐站在窗台边上背着历史和政治，我们时而交换一颗糖，时而交换的只是简单的话语。我们约好，每天上学和放学的路上互相考一道简答题，答不出来的就给对方一支中性笔的笔芯。

    有一种无形的力量在驱使着我去马不停蹄地追赶前方疾驰而去的千军万马，我心里只有一个念头，在下一次见到陆悠鸣的时候，成为更好的自己。那天晚上我给陆悠鸣发过最后一条信息之后，就把电话卡塞进了笔袋的夹层里，累了的时候就拿出来看看，想想他在地球的另一端努力地适应着生活，努力地前进，就觉得即使有一百道一千道解不开的数学题，都不是一件可怕的事情。这个世界上，总有人过着不同的生活，却要经历相同的艰辛，这样想来，苦难都不算是一件孤独的事情。

第二次模拟考试的时候，我又回到了成绩单上曾经的位置。穆沐看到年级总榜的时候，比我自己都高兴。数学题能解开的越来越多，倒计时牌上的数字却以可见的速度变得越来越小。书里总是渲染着各种意义上的离别，而我们却全神贯注地向着前方奔跑，几乎忘记了六月之后会带来什么样的改变。

"晓唐。"蒋正则捅了捅正在写一道双曲线数学题的我，这时是夜自习之前的休息时间，北方的夏天已经悄悄来临，窗外是尚未完全黑下来的天空，太阳拼尽最后的一丝力气，把光芒洒在了走廊里。

"怎么了？"我停下笔。

"我们去买个饮料喝吧。"蒋正则说。

时间仿佛回到了蒋正则刚刚转学到我们班的时候，我们穿过长长的走廊，聊去过的地方，看过的书，走到走廊的尽头，向楼下的一层走去。我们惊奇地发现彼此有着如此多的相似，就好像早已认识了许多年一样。未来会是什么样子，我们都没有一个确切的答案，唯一能确定的就是，我们理解彼此的梦想与痛苦，就像我们会祝福彼此的未来与幸福。

"晓唐，我真的很高兴认识你。"我们买了饮料，站在教室外面的走廊上，看着外面稀疏的人影被夕阳拉得越来越长。

"我也是啊。"我喝了一口手里拿着的橙汁，抬起头看着阳光在他的侧脸上罩了一层朦胧的光圈。我眼前的少年，经历了无数的偏见与误解来到我的身边，我却什么都不能做，只能不断地告诉他，只要拥有爱的能力，每个人都一样，并没有什么不同。除此之外，我什么都做不了。

"你知道吗，我转学的前一天晚上，心里特别紧张，也特别难过。我不知道这个决定对不对，直到那天你在篮球场说了那些话，我才觉得没有错。"

"你以后会遇到更多的我。"我踮起脚，拍了拍他的肩膀。

"你说十年后我们会变成什么样子？"蒋正则问我。

"我希望十年后，我们还能像现在这样聊聊天，就像是什么都没变过一样。"

"我也希望这样。"蒋正则点了点头，"晓唐，你要坚持梦想啊。"

"你也是，变成所有你想要成为的样子。"

我们两个刚回班,就听到广播里说校际足球友谊赛开始报名。育文和崇理两所高中有一个不成文的传统,在每年的六月初举行一次足球友谊赛,当作毕业的纪念,每个年级组一个队,但育文的高三实验班,从来都没有参与过这项比赛。

"咱们班,有没有想要参加的?"林立随口问了一句。

班里之前还窸窸窣窣讨论的声音消失了,几个平时体育课一定要踢球踢得满头大汗的男生也只是小声嘀咕了几句,最后还是拿起了课本。高三年级的比赛每年都定在六月四号下午,那天全市高三年级开完动员大会之后就开始放假,准备迎接三天之后的战役,可是即便再多的过来人说休息的那两天不用再看书,也没有一个人能坦然地放下心来。

"林老师,我们想参加。"宋彬停下笔,看了看平时体育课一起踢球的那几个男生,"以后还不知道能不能聚齐了呢。"

"都想好了?"林立一边把人名抄到了表格上一边问。

"想好了。"宋彬跟其他几个男生点点头。

"那选个队长吧。"林立看着名单说,"宋彬?"

宋彬摇摇头,"我当班长行,队长可不行。"

问了一圈,报名的人没有一个想当队长的,林立这下犯了难。

"老师，要不您当队长吧。"宋彬边说边怂恿我们一起劝林立，大家一起哄，眼见着教导主任就要来了，林立没办法只能答应了下来。

这个比赛对于高三最后的时光来说，只是一场小小的波澜。几分钟之后，教室又恢复了之前的安静，只有偶尔翻动书和卷子的声音。初夏的阳光消失在了教学楼的另一端，连着暑气一同消散在了夜晚的天空。岁月给予了这间教室最不动声色的变化，黑板因时间沾染了灰尘，挂钟不紧不慢地扫出了无数个圈，世界地图被阳光洗掉了颜色，头顶的风扇嗡嗡地旋转着。我从来都没有像现在这样，对这间教室有了一种说不出的眷恋。

高三的最后一个月异常平静，甚至还没有一模之前的日子来得焦躁不安与惊心动魄。最后的几天，老师们不再敲着黑板着急重复哪个是一级考点，哪个是送分题。课间每个人的桌子上都堆着各种各样的毕业留念册，里面写满了各种各样的回忆和期许，给同学们，也给自己。自习课越来越多，写着写着抬起头时，能看到老师们坐在讲桌的后面静静地看着我们，好像在重新认识每一个人。

六月四号的上午，学校开了一个简短的动员会，还请了两个现在已经参加工作的学长来介绍经验。看着他们坐在主席台上的样子，不知道为什么让我想到了十年之后，穆沐会不会开了自己的画展，蒋正则会不会如愿以偿地成为一名编辑，萧湘子和林思达会不会已经结婚有了小孩，而我和陆悠鸣，会不会沿着自己预设的轨道，变成比现在更好的人。如果我们每个人都不会变就好了，就像现在这样，忐忑不安而又神采飞扬。

去年的足球赛是在崇理中学进行的，今年就轮到了育文。足球赛在下午三点举行，不到两点半的时候，操场上就站满了人。在还没开始比赛的时候，蒋正则就给我们拍了很多照片，赵维维总说没给她照好，拉着我们在操场边上照了好几张，笑得脸都僵掉了。

崇理中学的球队里几乎没有熟悉的身影，而育文的同学们一样在进场的时候给予了热情的欢呼声。林立和崇理足球队的队长握手的时候，赵维维站在我左边激动得都要跳起来了。上半场双方都没有进球，但看球的人却越来越多，不知道为什么就连平时不苟言笑的高主任都围了上来。

下半场的时候，崇理换了新的队员，我仔细一看，是陈晨。于是把蒋正则的相机抢了过来，对着陈晨拍了好几张，准备有机会就传给他。就在陈晨转过身的时候，我愣住了，陈晨的名字与号码中间，用马克笔写了"陆悠鸣"三个字。他还是和最好的朋友一起上了球场。

下半场开始不到十分钟，宋彬就攻进一球，接着在陈晨的助攻下，崇理的一个男生也踢进一球，局势变得越来越紧张。我们牵着手,一同站在六月炙热的阳光下,看着球场上奔跑的鲜活的生命,紧张得甚至忘记了说话。

在最后的一刻,球传到了林立的脚下,破门的一瞬间,比赛结束了。七班的所有人翻过栏杆,跑到了球场上,围着林立他们欢呼着。笑着笑着,我却流下了眼泪,就在我想要睁大眼睛掩盖过去的时候,回头看到赵维维和萧湘子抱在一起,哭得泣不成声。

"同学们,借着今天的胜利,咱们也一定能在高考取得一个好的成绩。这两年里,谢谢你们每一个人的信任。高考之后,你们就要去探索比现在大得多的世界了。我不知道什么时候还能同时见到你们所有人,但是我希望你们走累了的时候,还能停下脚步,回头看看曾经对你们来说,也对我来说无比重要的高三(7)班……"林立先是兴高采烈,说着说着,眼睛就红了,接着背过身去,不让我们看到他的眼泪。

我们坐在操场中间,看着飞机留下的弧线与偶然掠过的飞鸟,谁都没有说话,把眼泪都留在了承载我们全部努力与梦想的育文中学。那些背不完的政治题,解不开的方程式,没能实现的梦想,没说出口的喜欢与谢谢,都一笔一画地刻在了这段记忆里,成了一颗裹着眼泪的糖。

当我们抱着全部的书走出校门的时候,每个人都放慢了脚步,宋彬满不在乎地说我们都不要变,十年之后还是这些人，一起组团去看周杰伦的演唱会。在校门口让门卫大爷给我们照了最后一张相片之后，就朝着各自的方向走去，就像我们第一天来学校时那样。

再见了，我曾经无数次想要逃离，却还是舍不得的育文中学。

或许有人在高考的时候给我们每一个人施加了魔法，我们能清清楚楚地记得毕业时的悲伤与出成绩时的不安，却把最重要的两天变得销声匿迹。甚至于我在大学入学的时候，还能想起前两次模拟考试的习题，却连高考的作文题目是什么都忘得一干二净。我还记得考完英语的那个下午下着雨，在监考老师清点完答题卡说可以走了之后，考场里有的人欢呼着，有的人却哭了。高考在用一种最为残酷的方式，让一些人狼狈地逃进了成年人的世界。

高考结束的那天晚上，无数的高中同学，也有初中同学，打电话到我家里，无外乎都是要出去聚一聚。我哪里都没有去，也没有吃饭，只是把所有的课本和练习题一本一本地装到纸箱里。看到那本厚厚的《五年高考三年模拟文科数学》时，我打开翻了翻，想看看那些数字里面，能不能找到我曾经努力过的气息。一张纸从里面掉了出来，上面是那十个组成了心形的坐标，旁边是陆悠鸣清瘦的字迹。我放下手里的书，从笔袋里拿出那张电话卡，安到了很久都没打开过的手机里。手机已经没有电了,我充了不到十分钟,就赶忙按了开机键。找到陆悠鸣的电话拨过去的时候,我才意识到他依然在地球的另一端,呼吸着和我截然不同的空气。于是只好放弃,切断了毫无感情的那句"您所拨打的用户不在服务区"。

我怀着一丝希望打开了电脑,却发现除了蒋正则发来的毕业照片之外什么新消息都没有,我尝试着给他留言,却从来都没有回复。陆悠鸣的头像是一片灰色,空间相册的更新也定格在了三月初的一天。如果不是那条手帕和他亲手做的八音盒,我甚至都怀疑,他从未在我的世界里出现过。又或者是,自卑如我,努力想要跟他一样好的时候,却在不知不觉间远离了他的世界。所以只能看着他渐行渐远,最后无声地作别。

高考成绩成为了高中生活最后的延续,它出来的一瞬间,我没有任何的惊讶与欣喜,如果非要找出一点波澜的话,数学成绩比之前任何一次模拟考试都好,这多少算是对数学老师最真诚的感谢。

一个星期之后我们去学校领了一本厚厚的志愿填报手册。看着手册上密密麻麻的学校代码和专业,我觉得无从下手,前方同时有了成百上千个岔路口,而我只能选择其中的一个,却不知道是不是最好的那一个。我看着同学们的爸爸妈妈跟他们一起拿着那本填报志愿的书围着林立问问题，犹豫了一下，还是拿着填报手册去找了我爸。

刚一进门，我就看到上次见面时还走不稳的小铭轩向我跑了过来，嘴里咿咿呀呀地不知说了些什么。冯阿姨说这孩子平时谁都不让抱，唯独见了我才会主动过来，大概还是血缘的关系。我把填报手册递给了我爸，之后就坐在沙发上，看着小铭轩坐在游戏垫上玩玩具。大概是一意孤行地失败过一次，我都没什么底气再跟我爸提我想要学什么。

"晓唐，你将来想做什么？"我爸翻了几页就把那一大本书放到了茶几上。

"我也不知道。"我假装毫不在意地说。

"你还想继续写作吗？"我爸问我，"不论是新闻，还是文学，或者是其他的工作。"

我点点头，却有些心虚，经历了这件事之后，我都不知道自己到底适不适合继续坚持自己想要做的事情。

"你想要做，就继续做下去。不论遇到什么困难，都不要走回头路。"我爸说，"但还是那句话，你要想好，这条路上你会遇到比落榜更大的挫折，不被别人理解，被外界质疑，换句话说，你要承受更多的寂寞。"

"你要是想好了，就报你喜欢的。"我爸看我没说话，就把那本报考指南又递到我手上，"如果你觉得太难了，就选一个你觉得最容易的。毕业之后回来工作，这也不丢人。"

"爸——"我忽然想到了一个从我考高中那年就一直有的疑惑,"最后你同意我去育文,是因为觉得我学不好理科吗?"

"是因为家长会上老师念了你的作文。"我爸说。

当时写了什么我已经不记得了,我只记得中考之前的那天,语文老师把我叫到办公室,郑重其事地送给我一个皮面的笔记本,跟我说不要放弃做想做的事情。当时的我,只是懵懵懂懂地接过那个笔记本说了声谢谢。直到现在我才明白,不要放弃的应该是什么。

part 21

如果
我也变了就好了

×

八月底的一天，我把穆沐送上了前往北京的列车。说好的一起去北京，我们其他人却都食言了。林思达没有通过自主招生考试，报了南京的一所大学。萧湘子放弃了降分录取的名额，全部都填上了南京的学校。陈晨最终和北大医学院擦肩而过，去了广东的一所大学读医科，录取通知书到手的那天他说自己像是签了一张为期八年的卖身契。宋彬留在了本地。赵维维如愿以偿地去了林立曾经念过书的华师大，临走的那天抱着我和萧湘子哭得稀里哗啦。而我和蒋正则，一个在东北，一个在西南，读着相同的专业，见着不一样的人。我们这群人，说好了殊途同归，最终却还是都走散了。这一散，或许就再也聚不起来了。

我在大学里参加了很多活动，从合唱团到话剧社，一开始我只是想用忙碌把陆悠鸣从我的脑海里彻底驱逐出去，在一个陌生的城市，过新的生活。再到后来，就连我自己都忘了这回事。曾经说好的一起去北京，高考结束就在一起，终究变成了逢年过节时亲戚之间假模假样的寒暄，偶尔想起来甚至还有些可笑。

十几岁的我，把时间全都耗在了十几岁的他身上，耗到最后才发现，命运忘了给我们一个结尾。

有一天合唱团排练结束之后，高音部的一个学姐忽然问我有没有注册人人网，我说没有。回了寝室之后，我打开电脑，注册了一个账号。一个星期之内，从高中到小学的同学都出现在了我的主页上，穆沐有了新的男朋友我却不是最先知道的那一个，萧湘子和林思达依然你一言我一语地在对方的照片下面留言，总和赵维维互动的一个男生不知道为什么看上去还有点像林立。似乎每个人都有了一些改变，而我只是换了个地方，过着和以前一样的生活，写着一样的故事，犯愁的事情从数学考试变成了计算机二级。

一天晚上熄灯之前，我打开电脑看到陆悠鸣的名字出现在了网页最右边"可能认识的人"那里，五十多个共同好友，我们却谁都没有点头像下面的添加键。我一直觉得这个功能没有太大的意义，共同认识这么多的人却还不是好友，大概就是打心眼里不想再去打扰对方的生活。

大二那年暑假，我去陈晨的学校开会。他下了解剖课之后边吃饭边跟我讲几句他喜欢的女孩子，用广东话讲高数的老师，还有好久不见的同学。陈晨忽然说："陆悠鸣前段时间回来了。"我躲躲闪闪地想要岔开话题，他半天没说话，扒拉了一口叉烧饭问我："你俩到底怎么了？"

是啊，我俩到底怎么了，明明现在看来都不是什么大不了的事情，为什么在当时就成了一个解不开的结呢？

毕业时在育文中学门口说好的每年暑假都要聚会，人却越来越少。大概是现在也没多少人用QQ了，班群最后一条信息还停留在两年之前林立家小孩儿满月的时候。大三的那个暑假，索性因为忙就彻底取消了聚会。

那个暑假，我第一次去幼儿园接已经读到大班的小铭轩。

那天我爸很忙，冯阿姨的妈妈又生病住了院，于是接小铭轩这个任务，就理所当然地落在了我的头上。我拿着幼儿园的接送卡，在时隔将近二十年之后，回到了我人生中第一次就读的学校。

我到现在都还记得，第一天上幼儿园时的情景。那天一早，我妈跟我爸一起骑着自行车把我送到班里，我妈跟我爸说走吧，交给老师就好了，我爸却说什么都不走，无论如何都要站在窗户外面再看一会儿。当时的玻璃窗上，贴着半透明的米老鼠贴纸，我拿着玩具透过那些贴纸，看着我爸向里面张望。再后来，我爸也在不同的学校接送过我，可是记忆里最清晰的，竟然还是当时他和我妈第一次送我去幼儿园时的样子。

我走在幼儿园的走廊上，上面贴着很多小朋友画的画，我一张张看过去，终于找到了小铭轩的名字，那幅叫做《我们一家人》的画上，有四个人。

还没等我找到他坐在哪个位置时，他就在人群中一眼认出了我，拉着我进了教室，对其他小朋友炫耀道：

"这个就是我姐姐，我没骗你们的。"

幼儿园教室的外面有很多五颜六色的滑梯和秋千，小铭轩问我能不能玩一会儿，我点点头，看着他在滑梯上爬上爬下。我还记得他出生的那天，陆悠鸣骑着自行车带我穿梭在这座城市的大街小巷，他说高考结束之后我们就在一起，他也说我们要一起听周杰伦的新专辑。小铭轩已经从那个闭着眼睛皱着脸的小不点变成了会画画也会滑滑梯的小孩子，陆悠鸣也在不一样的国家继续自己的新生活。时光的列车一去不复返地带走了每一个人，却唯独留下了止步于那一天的我。

冯阿姨打来了电话，说让我带着小铭轩回家吃饭。我刚挂了电话，就看见小铭轩从滑梯上滑下来，听话地背起书包拉着我向校门口走去。

我们刚回来不久，冯阿姨就拎着大包小包的菜回了家，我们一边说话，一边准备食材。自从有了小铭轩，冯阿姨的厨艺变得越来越好，大概这也是一种本能。

小铭轩从回来起，就没怎么说过话，只是自己在一旁摆弄着一堆乐高玩具。晚上吃饭的时候，也是自己一个人静静地扒拉着碗里的饭。每个人都在变化，每个人也都在长大。

"毕业之后打算回家工作吗？"我爸问我。

我想了想，只是说还在考虑，我从未对我出生的这座城市产生过眷恋，如果说有，那也只是曾经生活在这里的一群早已分道扬镳的人。

"儿子怎么不说话啊？"我爸一边给小铭轩夹菜一边问道。

"为什么姐姐打电话的时候管妈妈叫阿姨，我的妈妈不就是姐姐的妈妈吗？"小铭轩忽然问道。

我看了看冯阿姨，又看了看我爸，不知道该怎么回答这个问题。小铭轩却哇的一声哭了起来，一边哭一边说着类似于"我要跟姐姐一个妈妈"这样的话。

冯阿姨哄着小铭轩，我和我爸面面相觑地坐着。我有着太多回答不了的问题，我不知道要不要回来工作，也不知道自己究竟算不算他的亲姐姐。我忽然想到了小铭轩那幅挂在幼儿园墙上的画和他一脸骄傲地向其他小朋友炫耀自己有一个姐姐时的表情,这一刻,我们拥有着同样的孤独。

在我临走时,他认真地对我说:

"姐姐你以后要常来我们家玩啊。"

我点点头,在冯阿姨不断地纠正他不是"我们家"而是"咱们家"的声音中关上了门。

回了学校之后,室友们都在为了秋招而手忙脚乱,我也顺势投了几份简历,面试面到后来,我发现那些都不是我想做的工作。不是做不好,只是不甘心。就在这个时候,系主任找到我,说觉得我是做研究的那块料,还问我有没有保研的打算。我想了想,在一个星期之后递交了材料。

研究生的面试十分顺利,正如胡适先生说的,"怕什么真理无穷,进一寸有进一寸的欢喜"。在我们系很多人还没有拿到 Offer 的时候,我已经拿到了跨校保研的通知书,得以在北京的一所学校暂时躲避开就业市场的残酷厮杀,一心一意地做着文学研究。

拿到通知书的那天我就给穆沐打电话,穆沐却跟我说,她打算回家工作,跟她男朋友一起。我们还是没办法遵守大家一起留在北京的约定,你来我往,却再也没有同在一个城市,只好眼睁睁地错过。后来我看了一本漫画,里面说所谓错过，不是错了，而是过了。

真的这么过去了。

毕业的那几天，每天楼道里都有人唱歌，唱着唱着就哭了。在吃散伙饭的那天，我们系的一个男生喝多了之后告诉我，他喜欢了我整整三年，我只是点点头，感谢着婉拒了他的喜欢。不知道为什么，我始终没有办法再产生那样激荡的情绪，似乎我的青春都已经全部消耗在了育文中学和一个叫做陆悠鸣的男孩子身上了。

研二那年的寒假，我和导师开完最后一个学术会议，准备回家的时候，有一个归属地在南京的号码给我打来了电话，是萧湘子，她和林思达最终还是走到了一起，五一的时候在南京办婚礼。放下电话回到办公室的时候，我导师说，让我考虑考虑申请博士的事情，她很看好我。我说，老师我五一想去参加一个婚礼，老师答应了，在我临走之前对我说，晓唐你也应该考虑考虑个人问题了。

"别让过去影响未来的幸福。"老师一边说，一边交给了我一沓厚厚的论文。

我知道老师以为是单亲让我惧怕婚姻，我们家所有的亲戚包括我爸妈都这么觉得，而只有我自己一个人明白，我只是不甘心就这么不明不白地走散了。然而说出来又多可笑啊，因为我被他妈妈看作是影响他未来的人，因为没考上戏剧学院，因为除了我自己之外谁都说不清道不明的胆怯与自卑，所以再也不联系了，之前所有的时光，所有的喜欢，所有的瞻前顾后与勇往直前都白白浪费了。

可是我明明知道浪费了，却还是舍不得。

再后来，我回了一趟家。去参加一所儿童美术学校的开学典礼，这间学校的主人，是穆沐。

开学的前一天晚上，我们两个人一起往墙上挂刚刚才装裱好的画。这些画都是穆沐自己画的，我还看到两张我的画像。

"我打算把这张挂到最中间靠上面的地方。"穆沐指着最上面的一块空白墙壁说。

走在回家的路上，穆沐忽然问我是不是还喜欢陆悠鸣。

"没有啊。"我口是心非地说，"我又不傻。"

穆沐看了看我，想说什么却没说出口。

对啊，我又不傻，但我也放不下。

开学的时候，来了很多人，有穆沐画室的同学，大学的室友，还有穆沐那个从大一开始就只在人人网和微信上出现的男朋友。我领着已经是小学生的小铭轩，看挂在墙上的画，这小子一眼就看到了最上面那张我的画像，踮着脚指着那张画问那个人是不是我。

我说你猜啊，我弟做了个鬼脸，拉着我去看摆在书架上的绘本。这时身后忽然传来一阵欢呼声，接着安静了下来。我看到那个一米八几的大男孩在穆沐的面前单膝跪地，手里的那只戒盒紧张地颤抖着。穆沐站在对面笑着点头，却还是流了眼泪。她过上了我曾经试图让她相信了无数遍的好日子，最好的日子。

我弟小心翼翼地问我，为什么明明是高兴的事情还要掉眼泪。

我用纸巾擦了擦眼角跟他说，因为我见过太多她难过时的样子。

自从去过穆沐开的美术学校之后，小铭轩总是没事就给我打电话，总是说要去看"仙女姐姐"最近画了什么画。我爸索性给他在穆沐那里报了一个美术班，有一次我休息回家，穆沐神神秘秘地递给了我一张蜡笔画让我自己打开看。

画上面还是四个人拉着手，下面歪歪扭扭地写着三个字"李铭轩"。

"我问他要不要把这张画送给你，他还不好意思了呢。"穆沐对我说，"晓唐，你弟弟真的很喜欢你啊，几乎所有的孩子都知道他有一个做研究的姐姐。"

我透过美术教室后面的玻璃窗向里面看去，很多小朋友已经开始收拾画笔了，小铭轩还在低着头画着，当他抬起头看到我时问道：

"姐姐，一会儿回家吗？"

还没等我回答，就听到他赶忙补充道："回咱们家。"

我点点头，看着他一根一根把蜡笔收到画具盒里。

到家之后，我弟要看动画片，不知道为什么现在的动画片都没有我们小时候的好看了，我跟着他看了十几分钟，就再也看不下去了。这时他忽然扭头问我：

"姐，你怎么还不找男朋友？"

"小孩子不要多管闲事。"我弹了一下他脑门儿，"你姐我是为了学术献身的女子。"

他冲着我翻了个白眼，我假装要抢走遥控器。我爸却在一旁问道：

"晓唐，这么多年……"

"爸。"我有点儿不耐烦地打断他，"我现在不想找对象，我们系的学姐学长都单着呢。"

"我是想问，你研究生毕业，还回来工作吗？"

我想了想，最终还是没说我导师想推荐我读博士。我爸大概是上岁数了，从我大一时一个月打最多两次电话，每次两分钟不到，到现在隔三差五地就给我发微信文章，从"二十几岁的为人之道"到"震惊！水果这样吃最致命"。刚开始我还一条条地给他讲，那些文章都是骗人的。到后来我才发现，其实他只是想借着这些莫名其妙的文章，跟我说说话而已。以前他总是说，坚持自己想做的，有能力离家再远也不怕，可是最近这一两年，他分享最多的就是我们市哪些事业单位又要招考了。

家长就是这样矛盾的生物，把你推出去的时候，却又比谁都想把你拉回来。

萧湘子是整个高三（7）班最先结婚的人，婚礼变成了全班的大聚会。那天我见到了很多只存活在微信朋友圈里的同学。最活泼的赵维维毕业之后就考到了教育局，整天写着"中小学道德教育实施纲要"之类的文件。

据说林立为了孩子入学，还专门找了她一趟。

"你说他到底怎么回事儿。"赵维维扯着嗓子跟我和蒋正则说，"找我办事儿还带东西。"

我跟蒋正则对视了一眼，什么都没说，任凭赵维维一边哭一边断断续续地说"他以前不这样啊"。

宋彬没有来，我们都以为他会和他老爸一样，走上成为人民公仆的道路，出乎意料的是，他在大学毕业那年，就去了云南的山村支教，一去就是两三年，婚礼上和我们视频的时候，信号断断续续的，但看得出来他很快乐。

蒋正则在我研究生一年级的那年夏天，就从出版社辞掉了工作，凭借着多年的摄影爱好，开起了一家摄影工作室，现在已经在上海小有名气，听说预约都排到了两个月之后，我在杂志上也时常能看到他拍的照片。每个人都走在了和预期相反的轨道上，曾经说好的我们都不许变，到最后竟然成了我独自一人的裹足不前。

从南京离开的那天晚上，我在禄口机场对大家说，我们一起去看周杰伦的演唱会吧。赵维维说好啊，等哪天吧。

可是哪天又是哪一天呢，我们谁都不知道。

两个星期以后，蒋正则给我打了电话，当时我正在准备着博士申请材料，同宿舍的室友一直笑称，我这是签了一张把一辈子都卖给比较文学的卖身契。我笑了笑，学校这个环境把我保护得太好了，除了这里，我还能去哪儿呢？

"晓唐，我们去看演唱会吧，'地表最强'。"

"什么？"我以为自己听错了。

"周杰伦演唱会啊，上海站。"蒋正则在电话的另一旁说，"我们一起去。"

我想都没想，用手机订了张机票就去了上海。刚一落地，我就收到了好久不联系的我妈发来的微信，她还是决定回国了，问我愿不愿意毕业之后回家工作。我从六七岁就渴望的事情，时隔二十年终于要实现了。那个从小就盼着寒假时能见妈妈一面的李晓唐，再也不用等了。

我想了想，回头就给导师发了一封邮件，说我决定放弃攻读博士的机会，回家考公务员。我连电话都不敢打，生怕让老师失望，也生怕自己后悔。邮件发出去之后，我一个人站在浦东机场就哭了。我不想读博，也不想考公务员，我太想有一个家，而我也太想有一个梦想。我所有的进取心和不甘心，都在高三去北京考试的时候用光了，我唯一知道的，是二十六岁的李晓唐还是想过十六岁时的生活。

演唱会上人很多，我跟蒋正则拿着粉红色的荧光棒，看着周杰伦在台上唱着歌，弹着钢琴，每一首都是回忆，只是当年说好了一起看演唱会的一大帮人，现在只有我们两个了。演唱会进行到快结束的时候，周杰伦在台上唱了一首《雨下一整晚》，我忽然想到，曾经有那样的一天，一个少年骑着自行车带着我，说要一起听这张专辑，谁都不许自己先听。那天我第一次隔着校服牵了他的手，第一次听他说高考结束之后就在一起，可是，这些我这么想忘记的事情，怎么就变得这么念念不忘呢？

他一定在一个我不知道的地方，做着很棒的研究，可能有一个跟他一样家庭美满的女朋友，说不定也在一起听着周杰伦的歌，然后变成一个我走在马路上擦肩而过都不认识的人。时间会改变所有，唯独把我当成了漏网的鱼，我只好站在原地，看着所有人变成陌生的样子。

演唱会散场之后，我跟蒋正则走在路上，我们没有说话，手里的荧光棒都不亮了，也没舍得丢。我们两个一前一后在马路边上走着走着，蒋正则忽然问我：

"晓唐，你毕业后怎么办，还读博吗？"

我摇摇头，"应该不了，我在学校待得够久了。"

"那你打算去哪里工作呢？"蒋正则追上我问，"来上海吧，你可以当记者，当编辑，还能继续写剧本，我都想好了，我们能一起合租，浦东那边的房子我觉得还行，就是远了些，不过可以坐地铁，只要大家能一起住。"

我想到了我爸分享的那些招聘启事，还有我妈在演唱会之前发给我的那句"咱们回来买套新房，写你的名字吧"，鼓足勇气跟蒋正则说：

"大概是回家吧，考公务员，我爸说还是稳定……"

"你他妈的脑子有病吧！"蒋正则忽然打断了我的话，把手里的荧光棒扔到马路上摔得粉碎，粗暴得像是变了一个人，"你就这么放弃了？这么多年了，每一个人都变了，就你没有，你他妈的再坚持坚持不行吗！"

"你以为我想要这样吗？你们都在变，变得更好，只有我一个人像个傻子一样地被留在原地。"我说，"我觉得我就是没天分，早应该放弃了。如果我也变了就好了。"

此时此刻我才发现，对梦想，对陆悠鸣，对我生活的一切执拗与坚持，说到底都只是不甘心。

"你说你要放弃，那你写这么多东西，换了这么多笔名都是为什么。"蒋正则掏出手机，那个叫做"李晓唐的梦想"的收藏夹里是我用各种笔名发表的全部文章。

"晓唐，你再坚持一下吧，我看到有公司在做新人编剧项目，你试一下，回去就发邮件。"蒋正则的语气软了下来，"就试一次，最后一次。"

我们回到了蒋正则租的房间，打开电脑之后，找到了那个新人编剧项目，我想了想，把去年写好的一个叫作《人间烟火》的故事发了过去，里面是我对于过去全部的记忆。

就在我以为肯定石沉大海，打算离开上海回家去考公务员的时候，我接到了那家影视公司的电话，对方说觉得这个故事很好，就像真实存在过的生活，约我第二天一早见面。

第二天一早，我就去了这家公司，我对这一带不熟，找了很久才找到。就在我坐着等负责人的时候，一个戴着帽子的男生把我叫住了。

"晓唐。"他摘下耳机，"好久不见了。"

我抬起头，是让我带着他的梦想走下去的庄禾。

"不认识我了？我是庄禾啊。"庄禾坐到了我对面的沙发上，"真没想到能在这儿遇见你。"

我这才知道，看中了我故事的人，就是庄禾。文学系没有向他敞开的大门，导演系却在那时候给了他一个绝处逢生的机会，这是他第一部独立导演的影片。曾经让我带着他的梦想走下去的人，反倒是带着我的梦想在一路前行。

"晓唐啊，真高兴你没变。"庄禾说。

《人间烟火》的故事来自于我曾经生活过的城市，为了完善这个故事，我和庄禾，还有其他几位有经验的老师一同去了我小时候念过的学校。学校经过了重新装修，也变成了我不认识的样子。我曾经上学的班级外面，挂着三好学生的照片，正中间的小男孩戴着一个圆圆的眼镜，那里曾经挂着的是陆悠鸣的照片，而我为了也出现在那里，参加了无数我并不擅长的课外活动。

现在恰好是中学生科技展，学校请了很多校友回学校办讲座，我们为了不打扰孩子们的学习，只是在礼堂的外面拍摄了一会儿就准备走。我向里面看了看，横幅上写着"0与1不能说的秘密"，大概是关于计算机的讲座。

"小李，我们去那边看看。"

我听见摄像师傅在叫我，慌忙转身的时候撞到了一个正要进礼堂的人。我正要道歉却愣住了。我眼前的这个人，比以前又长高了一点，也瘦了，戴了一副他自诩有智慧加成的眼镜，用一种和我一样的眼神看着对方，有那么一瞬间，我能确定在他眼里看到了一点难过。

"好久不见啊。"还是陆悠鸣先开了口。

"是啊，好久不见了。"我一时语塞，不知道该说些什么。我从来都没想过能在这里遇见他。

"一会儿,一起看看老师,吃个饭吧。"陆悠鸣说,"好不容易见面了。"

　　我想了想说好。之后坐在礼堂的最后一排,看着他一个人站在讲台上,给台下的孩子们讲他从少年时期就一直想要做的事情,修长的手指在白板上写下一个又一个数字,我仿佛回到了十年之前在图书馆的那个下午。我们戴着同一副耳机,各自心怀鬼胎地写着习题,那些没讲出的话,一拖就是十年。

　　"走吧,让你久等了。"等我回过神的时候,讲座已经结束了。陆悠鸣拿着外套和电脑包站在我面前。

　　"我听陈晨说,你要继续读博士。"良久,陆悠鸣问我。

　　"不读了,读书读得太久了。"我对他说,"也该看看社会了。"

　　"也好。"陆悠鸣点点头,"我毕业之后,也打算回国工作。"

　　"那祝你一切顺利。"我礼貌性地笑了笑,然后看了看时间,"时候不早了,我还有事。"

　　"你是不是换了联系方式,我才想起来都没有你的电话。"陆悠鸣说着就掏出了手机,记下了我的电话和微信号码。

　　"改天请你吃饭。"陆悠鸣记完电话后也没再挽留我,我们进行的不过是一场成年人之间最平常的寒暄。

我转过身正要离开的时候，陆悠鸣一把拉住了我。

"李晓唐，你到底喜欢过我吗？"

回忆就像决堤的潮水一样向我涌来，他写字的样子，背单词时皱着眉的样子，在足球场上奔跑的样子，骑着自行车带我走过大街小巷的样子，都毫不留情地刻在了我的记忆里，成了无数条深深浅浅的疤。

"没有。"我假装镇定地说，心里那道原本已经结了痂的伤疤又再度被人掀开，而这个人就是我至今都忘不了的陆悠鸣。

"那这是什么？"陆悠鸣指着我的背包上面系着的那个挂件。本科毕业邮寄行李的时候，陆悠鸣送我的那只八音盒在邮寄的过程中被摔碎了，我把里面的机芯连同那条手帕一同穿在了一个钥匙环上，一挂就是好多年。

"我拿手头有的东西随便绑的，拉链不好拉。"我语无伦次地说着。

"你别自欺欺人了，李晓唐。"陆悠鸣有些急了，"这是我做的，当时留下的疤现在还在呢。"

陆悠鸣伸出左手，食指上是一道长长的伤疤。我看了一眼，想起当时陈晨说那个八音盒他之前做坏了四五个，心里一阵又一阵地疼着。时间在他手上，也在我心里。

"你送给我的又能怎么样呢，你已经不是以前的陆悠鸣了，我也不是以前的李晓唐了。"我说话的声音开始控制不住地颤抖了起来,"我们都变了。"

"对啊,我们都变了。"不远处庄禾拿着相机一边喊着我的名字一边向我们走来,陆悠鸣看到之后放开了手,"那祝你幸福。"

"你也是。"我拽着庄禾的袖子就向着校门外跑去,生怕再多说一句话眼泪就掉了下来。曾经贯穿了我全部青春的人就站在我眼前,我却说着冠冕堂皇的假话,试图从他的身边最后一次逃开。

"所以说,你到底还是喜欢他。"坐在学校外面的拉面馆里,庄禾听完之后隔着一团团蒸气问我。

"没有啊,我就是觉得,都这么多年了,大家都变了。"我大口大口地吃着面,试图想把眼泪再压回去。

"你别说没用的。"庄禾把他碗里的牛肉夹到我碗里,"你就说你是不是还喜欢他。"

我的筷子停住了,点了点头,眼泪一颗一颗地往碗里掉。十年了,我从来都没有正经八百地跟任何人说过"我就是喜欢他"这句话。而那个我刚刚才错过的人,等这句话也等了十年。

"喜欢你就跟人说啊。"庄禾着急了,一边给我拿餐巾纸一边说,"这男未婚女未嫁的,怕什么啊。"

"李晓唐我给你讲,梦想坚持了十年,兜兜转转的还能回来。但是你喜欢的人，回来一次你放手了，就再也回不来了。"庄禾一脸认真地跟我说，"再说变了又能怎么样，小学生放了个暑假回来还都互相认识呢。大不了，就当重新认识一次呗。喜欢不丢人，谁憋屈谁自己心里清楚。"

不知道为什么，我忽然觉得这句喜欢就像是一个魔咒，如果不说出来，我永远没办法和过去道别。

我放下筷子连外套都没穿就跑了出去，我不知道陆悠鸣去了哪里，但是直觉告诉我，他就在那个地方，我曾经拜托同学偷偷拍过照的地方。照片里清晰的他和模糊的我，都一点一点变得越来越清晰，从这么多年始终刻骨铭心的最深处走来，向我挥着手，做最后的道别。

"陆悠鸣——"我向着那个再熟悉不过的背影喊着，"好久不见，我喜欢过你。"

我前方的那个身影停住了，转身的一瞬间，就像过了一个漫长的暑假。

"李晓唐，好久不见。"

后记

好久不见，高三（7）班

×

今年是2017年，距离我高中入学，已经过去了将近十年。

我记得有一天和研究生时的同学聊起了曾经的故事，她问我最怀念哪个阶段，我不假思索地说，是高中。没错，就是每天都睡眠不足，每天都有解不开的数学题，还要时刻担心被班主任从后门偷看的高中。聊完天之后，我就坐上了飞机，马不停蹄地去长沙开始了我学生生涯的最后一次实习。

在长沙，我见到了很久未见的老同学，聊起了高中时的很多事情，早已盖棺定论的回忆再度出现，却在现实的面前都变成了另一副模样。那天晚上很热，我睡不着，忽然就想把这些曾经出现在我生命里的每一个人记录下来，于是就有了你们看到的《如果……就好了》。

前段时间有人问我最近在写什么，我想了想说，一个校园故事，随即又补充道，这个故事里面有你。是的，这个故事里有我们所有人，那个羞涩的、自卑的、偏执的，而又可爱的自己。我一直反对提到青春就觉得一定是要爱几个人、打几场架、逃几节课，这样的青春或许会有，但很抱歉，这并不是我和我身边每一个普通人的青春。

我的高中，是全市为数不多以文科见长的中学，从入学的那天起，我们就被定义在了唯一的一个目标之上，就是高考。不论是在实验班，还是在普通班，不论是艺术生，还是体育生，我们所有人都背负着高考这个沉重而又充满希望的负担。甚至到现在，我都想不清楚到底是什么支持着当年的自己度过那些一天就能用完一支中性笔笔芯的岁月。

我在高中的时候，并不是我们班成绩最好的同学。每一年，班主任老师都会郑重其事地在我的学生手册上写下："该生偏科严重，希望新学期在数学方面有所进步。"而我所在的班级，又是学校恨不得罩一百层保护罩的重点班。直到现在，我都偶尔会梦见一张空白的数学试卷摆在我面前，而我一个数都算不出来，眼睁睁地看着监考老师把我的卷子无情地拿走。在那个阶段，我对数学的恐惧和厌倦，几乎达到了人生的顶峰，我曾经无数次地想过，如果高考取消数学考试就好了。显然，我身边数学总是考到

140分以上的人从来都不这么觉得。

这段我无数次想要逃离的岁月,又是从什么时候开始变得念念不忘的呢,我自己也不太清楚。于是自作主张地把这个界限定义为第一次从无话不谈,到无话可说。

我记得高中最后一堂历史课上,历史老师说:"我希望你们以后都还是到了对方的城市,也能见个面的关系。"当时的我们都觉得这是一件再简单不过的事情。直到去年夏天,我看到无数的同学曾经定位在我念书的城市,我们却没有哪怕一张的合照。这时我忽然明白了,想要维持这样一种看似简单的关系,其实也需要一番很大的勇气。而时间越长,这种勇气就越来越少。到最后,"今天下午两点半学校北门见",就变成了"哪天有时间我们见个面"。

哪天是哪一天,我们谁都不知道。

就像老师们说的"好记性不如烂笔头",为了不忘记这段时光,我只好笨拙地一个字一个字地把它记录下来,如同我在正文里写的,像是一颗裹着眼泪的糖。

在这个故事写到一半的时候,我收到了人生中的第一封拒信。彼时高中的同学们有人通过了司法考试,有人辞职创业有了自己的公司,有人拿到了工作之后的第一笔奖金,还有的人幸运地遇到了自己的另一半,早早开始了新的生活。而我,多念了几年书,却被生活甩到了队伍的最后面。我刚刚毕业,经历了本命年,有一丁点野心,还剩了那么一点微不足道的梦想。用去年比较流行的话来说，我觉得自己还能再"抢救"一下。

怎么抢救，大概就是从写下每一个故事开始。我从小就一直坚信，人都要有一个理想，成为大统领也好，成为好妈妈好爸爸也罢，都算是一件可以让自己变得更好的事情。我的理想，就是写故事，具体说来，就是写一个时代普通人的故事。然而野心在这里，自信却并不在这里。第一次有编辑加我QQ的时候，我甚至有了一种"这一定不是真事"的自我怀疑。后来渐渐地，赞赏多了，批评也多了，我也开始习惯了自己作为一个故事讲述者的身份，忐忑不安地继续在自己的轨道上缓慢地前行。

这个故事跟随着我的生活，从长沙写到了包头，又从香港写到了上海。写到毕业的时候，我也真正毕业了。这个毕业不是ARR给我发来邮件，通知我已经修完所有学分的毕业，而是从曾经的自己毕业，从过去所有的不甘心中毕业。快要结稿的时候，编辑对我说，还可以再写一个后记。我想了想，觉得想说的都在故事里，正要说"倒不如算了吧"的时候，久违的班群里，发来了一条女同学结婚的消息。于是人人一句祝福，结束的时候，已经到了深夜。那些年上过的早读课，背过的单词，写过的试卷，都一并从记忆深处快要忘却的地方涌出，横冲直撞地跑过了十年的岁月，最后来到了我的面前。所以我想，是时候再做一次道别，也是时候追赶上每一个人，珍重地说一句谢谢。

安徒
2017年3月15日于鹿城第四中学